2camh

17/8/09
6/10/09

19/11/23

CAN 03/06	H DON 10/07

Pierre Assouline

État limite

Gallimard

Pierre Assouline est journaliste et écrivain. Il est l'auteur d'une vingtaine de livres : des biographies, notamment du collectionneur Moïse de Camondo et du photographe Henri Cartier-Bresson, ainsi que des romans, *La cliente* et *Double vie*.

À Arnould de Liedekerke
et à Jani Namyas,
merci d'avoir existé.

« L'individu le plus singulier n'est que le moment d'une race. Il faudrait pouvoir remonter le cours du fleuve aux sources innombrables pour capter le secret de toutes les contradictions, de tous les remous d'un être. »

FRANÇOIS MAURIAC,
Racine

1

Quand nous n'aurons plus rien, nous aurons encore les couchers de soleil sur le métro aérien que le monde entier nous envierait, s'il savait. Sauf que ce vendredi n'aurait pas été le mieux choisi pour lui apprendre la bonne nouvelle. Un ciel de suie écrasait la ville. Le souffle violent d'un début d'automne médiocre s'insinuait déjà dans les ruelles et balayait les grandes artères. Sur les berges de la Seine, les voitures s'agglutinaient pare-chocs contre pare-chocs. Paris allait s'enfoncer dans sa nuit.

Un homme marchait dans la ville, le col de son imperméable relevé, les mains bien calées dans les poches, les épaules volontairement voûtées, comme s'il se préparait déjà au choc de l'orage annoncé. Sa légère mélancolie augmentait à proportion des menaces du temps, comme si la douceur de l'un prenait l'exacte mesure de la violence de l'autre. Aussi, lorsqu'il se précipita dans la bouche de métro, à Montparnasse, l'idée ne l'effleura même pas qu'il accomplissait un acte aussi anodin pour la dernière fois peut-être, l'enchaînement de gestes le plus banal qui soit, le lieu commun le plus commun de sa vie quotidienne, la toute dernière fois, peut-être.

La 6, l'itinéraire de Nation à Charles-de-Gaulle -Étoile, c'était sa ligne. Il ne l'évoquait jamais sans affecter un ton de propriétaire. Comment pouvait-on être fier d'appartenir à une cohorte de voyageurs blêmes et anonymes? On pouvait. Lui n'hésitait jamais. Cela faisait toujours son effet quand, dans la conversation, il lâchait avec un naturel désarmant on ne se croise guère, on ne se voit plus, comme c'est dommage, mais vous fréquentez quelle ligne? ce doit être pour ça, car il n'envisageait pas une seule seconde qu'un être civilisé pût se muer en automobiliste avec tout ce que ce renoncement aux vraies choses de la vie supposait de consentement à la nouvelle barbarie. Dans toute discussion, il avait la victoire facile quand il s'agissait d'opposer la quiétude du transporté à l'incroyable sauvagerie qui pouvait s'emparer des conducteurs le plus souvent pour une simple question d'orgueil mal placé. Pénétrer dans le souterrain revenait à se soustraire le temps d'un voyage à un peuple de tueurs sans remords.

Tout en marchant dans le long couloir des correspondances, parmi tant d'hommes oubliés de Dieu, il s'abandonnait à son rêve éveillé, inventant de nouveaux prétextes propres à tempérer l'impatience de ce M. Bignon avec lequel il avait rendez-vous le lendemain, ou à déjouer l'inépuisable machiavélisme d'Agathe dont il aurait certainement la trace dans la soirée sur son répondeur. Fuir, fuir, fuir… Cette ligne d'action lui paraissait être la seule condition du bonheur que la vie lui offrait désormais. Mais on n'échappe pas plus au trésorier principal de son centre des impôts qu'à sa future ex-femme. Quoi qu'on fasse, où qu'on aille, leurs fantômes nous rattrapent un jour ou l'autre et nous font payer cette disparition plus lourdement qu'on ne l'aurait jamais imaginé dans nos moments d'absolu désarroi. Cruauté de la pénalité. L'heure de vérité finira bien par arriver, et l'échéance ultime par s'imposer, et là, mon Dieu, il faudra mettre un terme à des années d'équilibrisme et finalement faire face. On aurait beau changer de contemporains cela ne changerait rien à nos angoisses. Inéluctabilité de l'affrontement.

Direction Charles-de-Gaulle - Étoile, c'était là, à droite, sa ligne.

« Je n'accepte pas ! »

Alors qu'il venait juste de glisser son ticket dans la fente, il se sentit soudain bousculé dans sa méditation intérieure par des éclats de voix. L'incident s'étant produit au composteur juste voisin du sien, il ne pouvait même pas feindre l'indifférence, attitude vers laquelle un léger fond de lâcheté naturelle l'aurait incliné puisqu'il était un homme et que les hommes, c'est bien connu, n'ont pas le courage chevillé au corps — médiocre poncif suggérant qu'a contrario les femmes, elles, ignorent la pusillanimité. Mais non, c'était trop proche pour qu'il y demeurât étranger. Le genre de situation qui fait glisser insensiblement du statut de témoin à celui d'acteur. La surprise était telle qu'il se bloqua volontairement dans la machine afin de rester à leur hauteur.

«Allez, ça va…

— Sûrement pas! Je refuse! J'en ai assez! Je n'accepte plus! Dégage! c'est clair, non?»

Le jeune homme paraissait hors de lui. Manifestement, l'idée qu'on puisse frauder la airatépée, donc l'État, c'est-à-dire la communauté très peu mystique des contribuables, revenait dans son esprit à lui faire indirectement les poches à lui, anonyme petit passager de la ligne n° 6. Même pas trente ans, un vrai jeune bien de son époque, l'allure clonée à des dizaines de milliers d'exemplaires telle que les publicités la diffusaient, une vraie gueule d'air du temps, la dégaine consensuelle, sombre et neutre de haut en bas, anthracite couleur espérance, un sac en bandoulière. L'allure comme les idées : décontractée mais pas relâchée. Le contraste n'en était que plus grand entre son grand corps de rebelle parfaitement normalisé et son âme de petit réactionnaire parfaitement obscène. Tout dans sa mine, ses gestes, ses paroles annonçait une attitude d'autant plus intraitable que le charivari prenait tout badaud à témoin.

La situation semblait aussi bloquée que le jeune homme l'était dans le tripode, se refusant obstinément à emmener d'un simple mouvement de hanche le fraudeur qui lui collait aux fesses depuis de longues minutes. Celui-ci n'avait rien d'un sans-domicilefixe, ni même d'un sdf tel que se l'imaginait Balladur Édouard, charmant chambellan du siècle échu, lors d'une visite historique au métropolitain à l'occasion de laquelle il crut élucider le mystère de ce sigle (samedi, dimanche et fêtes) après avoir résumé d'un trait mémorable le sentiment que les lieux lui inspiraient (il fait chaud). En fait, le surnuméraire n'avait rien d'un nécessiteux. Bien qu'il fût congénère et compatriote de son bruyant récalcitrant, il était, lui, ostensiblement griffé de la tête aux pieds, mais son langage aussi fluorescent que ses vêtements, l'accent et surtout le ton qui étaient les siens, révélaient que le français n'était probablement pas sa langue maternelle. Tout en lui suggérait qu'il n'était pas d'ici, juste d'un peu plus loin, l'au-delà du périphérique, ailleurs.

« Allez, laisse-moi passer… Si ça continue, ils vont croire que je suis en train de te niquer alors que je veux juste niquer la airatépée…

— Y en a marre des types comme vous qui vivent sur le dos de la société. La France crève de ça. Dégage !

— Fais-moi pas la vertu ! Allez, avance…

— Tu vas au guichet et tu paies comme tout le monde, sinon c'est nous qui payons pour toi.

— T'es pas flic, toi ? T'es flic ? Non, alors ? »

Ça ne bougeait pas d'un cil tandis que la foule s'agglutinait. Des camps se formaient à mesure que les arguments prenaient forme. Chacun des protagonistes demeurait figé dans sa position. Un air mauvais avait chassé leurs sourires ironiques. Le souffle de l'un dans le cou de l'autre, en d'autres circonstances rien n'aurait paru plus sensuel, à ceci près que la tension les éloignait du baiser pour les rapprocher de la morsure.

« Pourquoi tu as dit vous ?

— Moi j'ai dit vous ?

— Il y a des témoins, tu as dit vous, ça veut dire quoi ce vous, ça désigne qui ? » demanda le fraudeur en tapotant la poche de son blouson.

Il le vit en sortir un objet oblong et le dissimuler sous sa manche. Cela avait tout d'un cran d'arrêt mais il n'en aurait pas juré. L'épilogue menaçait d'être rapide et violent. Devait-il se mêler, s'emmêler, s'en mêler alors que personne ne lui avait rien demandé ? Personne. Rien. Nul n'était mieux placé que lui pour intervenir, le hasard l'ayant mis dans un tourniquet à hauteur du mince interstice séparant les belligérants. Quelque chose d'autre que le pur instinct de conservation le retenait d'agir, quelque chose de plus que la crainte de se retrouver abandonné dans sa mare de sang quand tout le monde se serait sauvé, quelque chose comme une phrase obsédante lue jadis dans un poème peut-être… Personne ne témoigne pour le témoin… Un jour quelqu'un l'avait écrit quelque part, sûrement pas en de telles circonstances, mais qu'importe, ça le poursuivait depuis, ça le hantait d'être un témoin sans que nul ne témoigne pour lui ni ne transmette le message.

L'arrivée d'un agent de la Régie fit s'évaporer l'intrus, tout rentra dans l'ordre, l'attroupement s'éparpilla dans les couloirs, on oublierait tout puisqu'il n'y avait pas eu de procès-verbal ni de main courante. Au fond rien ne s'était passé. Ainsi advenaient les choses de la vie, ne laissant de traces que dans la mémoire de quelques-uns, faibles signaux dans la nuit pour ceux qui veulent bien les retenir et les rares qui savent les interpréter.

Les couloirs des correspondances semblaient interminables. Ça sentait vraiment le métro, ce mélange si caractéristique de poussière de freins et de caoutchouc chaud, d'eaux stagnantes et d'urine, de produits d'entretien et de papier journal, un arôme très urbain que n'importe quel nez de parfumeur détaillerait à l'aveugle dans l'instant, dût-il manquer ce léger plus qui en achève le bouquet, la touche finale distinguant ce paysage olfactif de tout autre, quelque chose de plus corrosif encore que l'acide pentanoïque produit par le système de freinage et l'entassement des voyageurs, un élément immaîtrisé par les chimistes du sous-sol, l'odeur de la solitude.

Le métro, c'était ça mais aussi une dame en chignon si digne qu'elle n'osait pas mettre une soucoupe devant elle quand elle interprétait à la harpe un *Ave Maria* qui clouait les passants jusqu'à la sidération tant ça devait les ramener à leur enfance, ou un monsieur laissant passer les trains tant il était absorbé par sa lecture de Tanizaki dans l'édition de la Pléiade, ou encore deux jeunes skinheads devisant sur un banc de la suprématie de la race blanche en termes peu amènes pour le reste de l'humanité et s'interrompant pour aider une jeune maman noire à faire entrer sa poussette dans la rame quand à l'intérieur nul ne levait le petit doigt, il avait vu ça de ses yeux vu, le spectacle ordinairement étrange du métro, un précipité de la vie.

Assis sur le banc du quai à destination de Charles-de-Gaulle - Étoile, il se projetait le film des événements, imaginant ce qui se serait passé si nul n'était intervenu et qu'aucun des deux n'avait cédé, mesurant le degré d'exaspération au-delà duquel deux êtres apparemment normaux peuvent basculer dans une situation qui échappe à tout contrôle, un de ces moments effrayants où tout peut arriver, surtout ce qu'on n'a pas prévu, le mot de trop ou le geste fatal. Mais qui saurait définir les contours de l'héroïsme dans des instants si exceptionnels par leur intensité ? Personne, à moins d'être de mauvaise foi, personne, il en était intimement convaincu, ça le rassurait même, personne de sensé car même lorsqu'un individu court après un autre on ignore au fond lequel des deux est coupable, on ne sait rien et on n'a pas le temps de savoir. Se fourvoyer en s'engageant sur un faux-semblant pourrait être criminel. Alors personne, personne, personne, même pas ce type là-bas qu'on entendait au loin et de plus en plus distinctement à mesure qu'on sortait du couloir pour déboucher sur le quai, cognant sur le distributeur de boissons pour qu'il lui rende les pièces de monnaie indûment avalées, ce type qui s'avéra être l'intransigeant du composteur et qui, lorsqu'il fut reconnu, cessa soudain de violenter la machine, se contentant de maugréer et de faire les cent pas.

« Ce matin, je me suis fait serrer par mon banquier… »

La jeune femme au béret noir assise à côté de
lui sur la banquette semblait si songeuse qu'elle lui
parlait en regardant droit devant elle, les yeux fixés
sur un point invisible à l'arête du quai, l'air un peu
perdu, même de profil c'était visible, la détresse se
remarque toujours mieux de biais. Rien n'indiquait qu'elle cherchait vraiment à engager la
conversation. Son monologue n'appelait pas de
réponse immédiate, mais cette manière de vouloir
partager ses tourments avec un inconnu sans autre
forme de procès la rendait plus émouvante encore.
Le ton de sa confession, si doux sans que jamais la
parole ne devînt murmure, ajoutait au pathétique
de la scène.

« … Ça devient difficile, toutes les fins de mois
à compter et recompter, nous on se fait tuer pour
un petit découvert de rien du tout alors que ceux
qui volent à fond sans faire dans le détail et laissent de sacrées ardoises, ceux-là on les protège,
c'est trop injuste et moi je suis lasse, si lasse, par
moments je n'ai vraiment plus envie de me
battre… Le pire, c'est qu'ils savent très bien que
ça va s'arranger, que tout va rentrer dans l'ordre,
mais non, chaque fois l'humiliation…

— Il ne faut pas renoncer, mademoiselle, on
trouve toujours des moyens de temporiser », dit-il,
soucieux de la soulager, fût-ce vaguement.

Aussitôt elle tourna légèrement le visage vers
lui, l'étonnement s'effaçant devant le mépris, la
bouche pleine de reproches prêts à être crachés.

Aurait-il posé la main sur sa cuisse qu'il n'aurait pas suscité de réaction plus glaciale. Elle préféra alors marcher le long du quai, et quand il aperçut, se balançant à son oreille gauche, un mince fil noir interrompu en son milieu par une sorte de noyau agrémenté d'un clip, il comprit que son monologue n'en était pas un, que la présence de l'individu au bout du fil rendait grotesque sa compassion d'un instant. Encore une fois on ne lui avait rien demandé, surtout pas son avis. On gagne toujours à rester dans l'ombre, à s'y tenir pour personne et pour rien, voilà. Il se sentait déplacé, si confus et emprunté, quand c'est elle qui aurait dû l'être pour lui avoir imposé une conversation privée qu'il n'avait pas demandé à entendre. C'est elle qui l'avait envahi mais c'est lui qui se sentait importun. Maudits portables qui inversent les règles du savoir-vivre. La prochaine fois qu'un pauvre fou soliloquerait près de lui, il ne le verrait même pas.

Enfin la rame vint.

La jeune femme s'avança vers la fosse tout en continuant à parler, mais comme elle se retournait pour le dévisager par en dessous, il fut pris d'un mouvement brusque, paniqué à l'idée qu'elle n'entendait peut-être pas le train arriver et qu'il allait la percuter de plein fouet. Mû par un réflexe incontrôlé, il s'élança brusquement vers elle les mains en avant pour l'arracher au pire, en vain car elle avait fait face au danger virtuel avec une légèreté désarmante au bon moment par une simple volte-face d'une élégance aérienne, comme si de rien n'était, rien sinon un bonhomme un peu douteux, peut-être malade, qui ne la lâchait pas.

Quand il la retrouva dans un wagon du milieu, elle détourna la tête aussitôt que leurs regards se croisèrent, s'assit à l'autre extrémité et s'absorba dans la lecture d'un magazine. Le jeune intransigeant du composteur était également là, une fesse sur un strapontin. Quand retentit le signal annonçant la fermeture imminente des portes, une silhouette haletante bondit et réussit à prendre pied dans un ultime coup de rein un quart de seconde avant le couperet fatal de la guillotine caoutchoutée. Le fraudeur. Après avoir reconnu son ennemi d'un soir, il esquissa un sourire et s'échoua dans un coin pour reprendre son souffle.

À Pasteur, plusieurs personnes descendirent ; deux montèrent, un cadre ou plutôt un de ces cadrillons qui devait respirer un parfum d'aventure avec une fille une demi-heure par jour entre la sortie du bureau et le départ du train de banlieue, et un accordéoniste qui portait tout le tragique des Balkans sur son visage et le poids de leur trop-plein d'histoire sur ses épaules. Solidement campé sur ses jambes au milieu du wagon, il se lança dans une version assez inédite et par bonheur exclusivement instrumentale d'un *Quizás, quizás, quizás* que Nat King Cole dans sa royale bienveillance n'aurait pas désavoué, n'eût été l'exaspérante ritournelle d'accompagnement qui s'échappait du synthétiseur à ses pieds. Les plus concernés des voyageurs, les mieux intentionnés à son endroit, les amis de la musique et de la promiscuité, étaient prêts à lui pardonner des fausses notes, des ellipses mais certainement pas le viol de ce miraculeux petit précipité de romantisme par ce que la technologie avait produit de plus mécanique dans l'ordre du rythme.

« Je suis désolé mais ça, ça n'est pas possible ! »

Assis juste en face du musicien, le jeune homme anthracite s'était détaché de la lecture de son manuel de sciences économiques pour manifester une fois de plus sa mauvaise humeur. Le fait est qu'il n'avait pas tort. Seulement, ça ne se disait pas, ça ne se faisait pas. Un défenseur des droits de l'homme l'aurait traîné devant un tribunal pour moins que ça. D'ailleurs, aux inflexions de sourcils de certains, on sentait naître des vocations de justicier. Il y avait de la procédure dans l'air. La scène menaçait de virer à l'aigre. L'accordéoniste continuait à jouer comme s'il était étranger à cette affaire française alors qu'il en était la cause. L'autre reprit de plus belle.

« Mais enfin, vous êtes-vous demandé si on acceptait votre musique avant de nous l'offrir ? Et si certains ne la supportent pas ? Et si d'autres préfèrent lire en silence ? Vous avez pensé à eux avant de leur imposer ça ?

— Vous n'aimez pas la musique, monsieur ?

— Si, justement… Surtout quand je la choisis, pas quand on me force à l'écouter. »

Sèvres-Lecourbe. La tension montait. Certains se contenaient avec difficulté, d'autres s'enfouissaient dans leur journal, tous se faisaient un rempart de leur mutisme. Un silence de plomb.

L'accordéoniste, qui s'était interrompu pour réajuster ses bretelles, esquissa à nouveau quelques notes, comme si l'instrument se lamentait timidement.

«Vous n'avez pas compris ce que je vous ai dit? Ça nous gêne!» lança-t-il entre ses mains placées en porte-voix devant sa bouche.

À cet instant, un secrétaire des débats à l'Assemblée nationale aurait certainement fait état de mouvements divers, mais il aurait manqué le sel de la situation, ce détail de leur échange qui le faisait brusquement basculer dans une autre dimension et laissait craindre une mêlée générale houleuse, le ton avec lequel le jeune homme anthracite s'adressait désormais à l'échappé des Balkans, cette façon de marteler chacun de ses mots avec une exaspération à peine dissimulée, le petit air odieux de l'arrogance, une saleté sans nom. Le musicien ne pouvait pas saisir, il fallait être français pour ça. Car cela ne relevait pas de la compréhension de la langue mais de la perception de la moue. Un presque rien qui vaut bien des gestes et des discours. Ce qui décida un voyageur à intervenir.

«Ne parlez pas en notre nom, je vous prie. Nul ne vous a délégué, que je sache. Moi, j'aime bien l'accordéon…

— Moi aussi», fit faiblement une voix âgée, dans le fond.

Et comme chacun se retournait dans sa direction, ce monsieur très digne leva le doigt à l'égal d'un écolier. L'heure n'était pas à distinguer la sincérité de la provocation, ils entendaient réagir, voilà tout. Exprimer une forme de solidarité si dérisoire fût-elle, moins à un homme qu'à un principe, et ils pouvaient s'attacher à défendre leur idée d'autant mieux qu'elle s'incarnait à travers un inconnu. Alors *Quizás* Cambronne, *Quizás* La Motte-Picquet-Grenelle, *Quizás*...

Après ce qu'il avait déjà vécu au composteur puis sur le quai, il aurait pu changer de compartiment, en trouver un moins chargé en émotions diverses et agressions variées, et poursuivre son trajet plus paisiblement. Mais non, quelque chose le retenait là, peut-être un vieux fond de fatalisme, lequel lui dictait d'aller au bout d'une histoire, même si ses personnages avaient mauvaise mine.

« Vous êtes toujours comme ça ou c'est juste ce soir ? demanda-t-il au jeune homme anthracite plutôt surpris.

— Juste aujourd'hui parce que trop c'est trop. »

La réponse ne l'avait pas vraiment convaincu mais à quoi bon le manifester, même si les vérités les plus profondes comme les confessions les plus crues se disent souvent à des gens de passage, justement parce qu'on est sûr de ne jamais les revoir et que leur jugement d'un instant ne compte pas. L'expression de son visage se voulait particulièrement compréhensive juste pour qu'on ne dise pas qu'il avait jeté de l'huile sur le feu. Un cas, celui-là, voilà ce qu'il pensait en vérité, un type du genre à exaspérer son monde toute la semaine, dimanche et jours fériés inclus.

Tout lui paraissait soudainement frappé du sceau

de l'étrange ; le contraste était d'autant plus saisissant qu'il s'inscrivait dans son quotidien le plus banal. Jamais il n'avait ressenti avec une telle acuité que le métro était aussi un train. Juste de quoi alourdir son imaginaire des heures les plus tragiques de la mythologie ferroviaire.

De minuscules détails lui faisaient signe alors qu'ils avaient toujours été muets jusque-là.

Cette jeune fille là-bas au fond, hypnotisée par le son craché par son baladeur, qui tenait sa bouteille d'eau minérale à la manière des grands intoxiqués hantés par le spectre du manque, et la biberonnait à intervalles réguliers tout en étant pleinement consciente d'accomplir là un geste préconisé pour sa santé, pour son équilibre et qui sait pour sa survie, par l'Académie nationale de médecine, comme l'indiquait en caractères gras l'étiquette au même titre que la haute teneur en bicarbonates, calcium et magnésium.

Cette dame aux mains protégées de la saleté de l'humanité par des gants, et qui se tenait debout accrochée à la rampe pour ne pas risquer une infection en mettant ses vêtements spécial métro ou même, suprême horreur, sa peau, en contact avec des sièges auxquels s'était déjà frottée toute la misère du monde — dans les taxis, elle devait ne s'asseoir que sur une fesse et surtout éviter d'effleurer de ses cheveux le repose-tête que tant de clients avaient nécessairement souillé.

Ces voyageurs qui regardaient obstinément par la fenêtre, les pensées perdues vers d'improbables sommets de la chaîne des Alpes, tout en sachant que l'obscurité du souterrain ne leur offrirait pas la moindre lueur.

Ces femmes de toutes les générations qui dans leur tête basculaient dans le troisième âge du jour où elles portaient systématiquement leur sac en bandoulière.

Ces gens debout qui analysaient leur reflet dans la vitre des portes en s'abandonnant à des mimiques faciales au mépris de tout ridicule. Et tous ceux que les équipementiers de la airatépée obligeaient à se cogner les genoux quand ils voulaient rejoindre une place, à s'effleurer les rotules quand ils étaient assis et à se marcher sur les pieds quand ils envisageaient de se lever ; car la modernisation s'était aussi traduite par une réduction de l'espace vital. Curieuse société qui forçait chaque jour des centaines de milliers d'inconnus à se toucher à leur corps défendant.

Tout cela, il le vivait mais ne le voyait pas. Il fallut l'atmosphère assez particulière de cette fin de journée si sombre et si tendue pour que cela lui saute enfin aux yeux. Jusqu'à un ultime détail qui lui fit autant d'effet que d'avoir à rayer une fois de plus le nom d'un ami disparu dans son carnet d'adresses. Ce coup de grâce, un jeune homme le lui assena involontairement en se levant de son strapontin pour lui proposer la place. Avec toute la compassion et le respect dus... à quoi au juste ? à son âge ? à son état ? à son allure ? Nul ne lui avait encore jamais fait une si atroce gentillesse. Lui qui interprétait volontiers le moindre signe, il fut accablé par la lourde charge symbolique de celui qu'il venait de recevoir en pleine figure. Son reflet dans la glace pouvait donner raison au jeune homme : dos voûté, épaules tombantes, paupières lourdes, masque fatigué, un affalement général et même pas un demi-siècle. Cette fatigue n'était que de circonstance, elle passerait vite, il n'empêche : pour la toute première fois, on l'avait fait basculer dans le camp des vieux.

Le métro étant redevenu aérien, les voyageurs découvrirent qu'un orage d'une violence inouïe s'était abattu sur Paris le temps de leur minuscule tragédie en sous-sol. À Dupleix, des gouttes d'acier qui devaient avoir déjà vaincu les marquises partielles en forme d'ailes de la ligne 2 menaçaient de fendre les verrières. En route pour Bir-Hakeim, à condition de coller le nez sur la vitre on percevait le tourbillon des rafales bousculant les motocyclistes sur son passage, forçant les piétons à marcher en s'arc-boutant afin de résister à sa pression, pliant les arbustes et brisant les pancartes des kiosques, couchant les vélos au pied des panneaux de signalisation auxquels ils restaient dérisoirement attachés. Journaux, affiches, papiers, ça volait de partout au carrefour formé par le boulevard de Grenelle, le quai Branly et la place des martyrs juifs du Vélodrome d'hiver.

Ce soir-là, le ciel était plein de haine. Il en aurait fallu plus pour le désenvoûter du spectacle que la ligne 6 offrait à ses usagers. Par intermittence mais en exclusivité. Rien moins qu'une autorisation de voyeurisme dans les appartements que le métro longeait à hauteur des étages les plus élevés. Ainsi pouvait-on s'immiscer dans l'intimité des habitants, indiscrétion fugace et syncopée se déroulant à la vitesse d'un film muet en 18 images/seconde, ici *Cuisine et dépendances*, là *Chambre avec vue*, un couple en pleine scène de ménage, des enfants qui font leurs devoirs sur la toile cirée de la cuisine, des vélos au balcon, une petite fille au piano, où on vit où on va quelle importance puisque de toute façon on se retrouve tous à la même heure au même endroit, devant la télé. La vie des autres à travers la fenêtre. Et eux, ce qu'ils voyaient de chez eux, les visages blafards de personnages immobiles, un ruban de lumière, une trouée dans la nuit.

Quand le convoi s'élança sur le pont, nul ne paraissait très rassuré. Le viaduc de Passy était pourtant loué par tous les guides de la capitale. Un point de vue imprenable ! Un coup d'œil inoubliable ! Le plus beau panorama de Paris ! Sauf que ce soir c'était le plus dantesque. La Seine semblait prête à quitter son lit. Toute la ville paraissait avoir plongé d'un coup dans un état crépusculaire. Un silence épais régnait dans le wagon comme si chacun guettait l'imminence d'un drame annoncé.

C'est alors qu'à mi-chemin du pont de Bir-Hakeim, le train ralentit, et s'immobilisa un court instant. Après un grésillement, la voix du conducteur se fit entendre. Mais si la teneur de son message se voulait rassurante, son ton l'était beaucoup moins tant il suintait l'angoisse par toutes les fibres du micro. Il parlait trop près de la membrane, sa précipitation était inquiétante, son débit alarmant.

Normalement, un conducteur censé être assis dans sa cabine depuis des dizaines de minutes ne halète pas comme un coureur à l'issue d'un sprint, mais qu'est-ce qui était encore normal ?

Le convoi repartit tout doucement puis s'arrêta brutalement. Sous le choc, deux personnes furent projetées tête la première contre la barre à laquelle ils se tenaient. Des cris fusèrent, suivis d'un gémissement au milieu de murmures incompréhensibles. Puis la lumière s'éteignit, plongeant le wagon non dans l'obscurité mais dans une pénombre plus inquiétante encore, celle des lumières de la ville, tout en syncopes, éclairs et vacillements. On vit une silhouette se précipiter vers une porte et actionner le signal d'alarme si fort que la poignée lui resta dans la main. En vain, pas de réponse, rien. Les portes demeuraient bloquées.

Alors la peur s'empara vraiment des voyageurs.

Cette forme de terreur qui ne dit pas son nom, une peur panique, d'autant plus oppressante que la situation condamnait ces ombres au huis clos pour une durée indéterminée. La saturation des réseaux rendait inutilisables leurs téléphones portables. Dans leur vaisseau fantôme suspendu au-dessus du fleuve furieux, ils se sentaient coupés du monde. Ils se reconnaissaient à la place qu'ils occupaient avant le viaduc de Passy, et se devinaient au son de leur voix. Lorsqu'une ligne de métro disjoncte, les passagers aussi.

« Pas d'inquiétude ! lança quelqu'un d'un ton ferme. C'est probablement un court-circuit. Le courant va revenir très vite. Du calme !

— Vous…

— Je ne suis pas de la airatépée mais je suis ingénieur. Ce genre d'incident est rare mais pas exceptionnel. Surtout gardez votre calme. Et soyez patients. Du calme, s'il vous plaît !

— Mais cessez donc d'appeler au calme ! lança une voix féminine. Vous voyez bien qu'on n'est pas hystériques mais on va le devenir si vous continuez à nous exciter ! »

À sa silhouette telle qu'elle se découpait dans le clair-obscur et au ton qu'il adoptait, on lui devinait des cheveux en brosse, un menton énergique, des gestes déterminés. Il se voulait rassurant à force de paraître « en charge » des événements, parfaitement maître d'une situation qui lui échappait à lui comme aux autres — et comment aurait-il pu en être autrement ? — mais c'est bien connu : quand les événements nous dépassent, feignons d'en être les organisateurs. Or ils étaient tous furieusement à égalité sur ce bateau ivre accroché à quelques dizaines de mètres au-dessus du fleuve ; l'ingénieur en savait certainement plus qu'eux sur l'origine de leur infortune, sur la dimension technique de leur disgrâce, mais à l'heure du grand plongeon ça ne lui servirait à rien de connaître intimement le pourquoi du comment, tous mourraient comme ils étaient nés en vertu de la Déclaration des droits de l'homme et du voyageur, libres de couler à pic par hydrocution et égaux en droits de remboursement partiel sur leur carte Orange. Certains ne tenaient pas en place. Ils allaient et venaient dans la travée centrale, jetant parfois un regard par la fenêtre comme pour défier le spectre du vertige aiguisé par le vacarme des rafales contre les parois, à croire que le vent donnait des coups de marteau contre les vitres. Les minutes s'étiraient interminablement.

On entendit un claquement sec et soudain un souffle brutal s'engouffra. Celle qui avait baissé la vitre tendait son cou au-dehors en haletant :

« Je n'en peux plus ! Il faut que je respire ! » hurlait-elle.

Quand elle entreprit de grimper sur son siège afin de passer son buste par l'entrebâillement, deux personnes l'agrippèrent. L'une la pria de se rasseoir tandis que l'autre remontait la vitre. Alors qu'on la croyait calmée, elle repartit de plus belle, se leva d'un bond et baissa à nouveau la guillotine :

« Je ne tiendrai pas ! Vous ne comprenez pas qu'on va tous crever comme des rats ? Faites quelque chose, bon dieu ! Bougez-vous !

— Madame, madame, ne paniquez pas ainsi, se mêla l'ingénieur. Tous les mouvements brusques risquent d'entraîner un déséquilibre, et comme la tornade menace déjà de nous mettre dans une situation d'instabilité...

— Ah, vous voyez ! Vous-même, vous le reconnaissez ! Et si on tombe, vous y avez pensé ? Comment on sort d'un wagon qui s'enfonce, vous allez nous l'expliquer ? Moi, je sais nager, je préfère prendre les devants... »

Le mot « claustrophobie » fut murmuré, suivi d'un « chut » qui se voulait discret. Alors ces gens qui se devinaient dans la pénombre à peine troublée par les éclairs se mirent à tenir une véritable conversation, eux qui ne se seraient jamais parlé en de tels lieux en pleine lumière. Dans ces moments-là, tout le monde a une opinion et chacun se découvre une vocation de technicien; le détail le plus anodin glané un jour lointain et remémoré opportunément prend valeur de sauf-conduit.

« J'aimerais mieux mourir à droite qu'à gauche. Tant qu'à faire le saut de l'ange et choisir ma dernière image, j'aime autant voir la tour Eiffel que les horreurs du Front de Seine... Vous savez comment on appelle les habitants des tours? les touristes...

— Mais pourquoi êtes-vous à ce point obsédés par l'eau? Regardez, si nous tombons ou si nous devons sauter, nous nous écraserons d'abord sur le bitume ensuite dans l'eau...

— Belle consolation.

— Tout dépend du choc, fit la claustrophobe.

— Mais quel choc?

— Vous n'avez pas remarqué? il n'y a plus de feux de signalisation sur la voie, on est dans le noir : si un train de secours arrive à rouler, il ne nous verra pas, la collision sera terrible et là, si le nôtre déraille, le choc nous projettera directement...

— C'est vous qui déraillez! Avec un court-circuit, on risque tout au plus... je ne sais pas, moi...

— Un incendie intérieur! reprit-elle de plus belle. Rappelez-vous le 11 septembre : entre la menace du feu et celle du vide, les gens choisissent

34

instinctivement le vide, toujours, c'est humain, et nous n'aurons plus qu'à nous jeter à l'eau !

— Ou à briser une vitre et à marcher le long de la voie jusqu'à la station, proposa timidement une voix.

— Et à se faire électrocuter en cas de rétablissement du courant, non merci ! »

Alors qu'elle se levait à nouveau, l'homme assis sur la banquette en face de la sienne en fit autant et, d'autorité, la força à se rasseoir en posant une main énergique sur son épaule.

« On va tous sagement attendre que le courant électrique revienne et que le train reparte. »

Il l'avait dit avec des accents d'un calme si impressionnant mâtiné d'une autorité si souveraine qu'un court instant un silence absolu régna à l'intérieur de la voiture, à peine troublé par les échos du feu d'artifice météorologique dont on eût dit qu'il embrasait le reste du monde. Un grand bruit sec et tranchant suivi d'un souffle violent l'interrompit. Sous la pression, une fenêtre s'était ouverte. On essaya de la remonter, mais en vain. Un passager réclama à la cantonade un parapluie pour la bloquer. Tandis qu'il marchait dans les travées l'œil scrutateur, une dame s'employait à dissimuler le sien sous son siège, mais elle s'y prenait si maladroitement que cela ne fit qu'attirer l'attention. Sans même lui demander son avis, il s'empara de l'objet à fleurs, provoquant chez sa propriétaire un geste de dépit à peine refoulé et l'un de ces regards désespérés que l'on doit réserver en principe à son mari quand il vous est arraché par un sort trop injuste. Quelques notes s'échappèrent de l'accordéon, manifestation si incongrue en la circonstance qu'elle suscita aussitôt de partout des oh! et des ah! de réprobation alors que le soufflet s'était à peine permis de soupirer lorsque le malheureux musicien avait voulu s'asseoir pour mieux attendre, lui aussi.

« Vous ne trouvez pas que ça sent le brûlé? »

Attendre, mais quoi? Il tordit le cou pour regarder le ciel, le salut ne viendrait pas de là, trop dangereux pour les hélicoptères. Des rafales de pluie giflaient les vitres à les briser tandis que des éclairs zébraient le ciel. On en était là. Combien de temps cela pouvait-il encore durer? Le harcèlement permanent d'Agathe, celui non moins pesant de la Trésorerie principale, comme ces misérables choses de la vie lui paraissaient lointaines et dérisoires en ces instants où tout pouvait se jouer sur une mauvaise manœuvre, une interprétation hâtive, une décision précipitée. Le moindre détail suscitait des supputations délirantes. Un voyageur en fit sursauter plus d'un, comme si un coup de feu avait été tiré.

« Excusez-moi, fit-il tout penaud, je me suis levé un peu vite, c'est mon strapontin… »

Si ça basculait, en dégringolant de dix étages, il contemplerait au moins, d'un point de vue inédit, l'ouvrage de Daydé et Pillé, un viaduc métallique de deux cent trente mètres qui fut l'orgueil des urbanistes de leur temps, surtout ses magnifiques colonnes de fonte, un enchantement très Art nouveau, à ne rater sous aucun prétexte ; jamais l'expression de contre-plongée ne lui parut plus malheureuse. Peut-être qu'à la faveur de ses brusques arrêts répétés sur la voie glissante le wagon avait déraillé. D'ailleurs, à y bien réfléchir, il donnait de la gîte ; nul ne l'avait remarqué mais l'inclinaison eût été manifeste à l'œil exercé de n'importe quel marin. Il regarda discrètement en bas. On n'explique pas la fascination qu'exerce l'eau, on la subit, comme l'attraction du feu de cheminée, dans une contemplation muette. Tout de même, la mer pour linceul, ça devait avoir de l'allure. L'océan en majesté, pas cette infecte mixture d'huile de vidange, d'eaux usées, de sorties d'égouts et de résidus de lessives qui constituaient l'ordinaire du fleuve traversant la capitale. Nul ne l'avait remarqué sauf lui, il en était persuadé : il aurait fallu être aveugle pour ne pas remarquer qu'un funeste destin les condamnait à l'élément liquide. Car enfin ils se trouvaient bel et bien suspendus au-dessus de la Seine entre Bir-Hakeim — point d'eau du désert de Cyrénaïque — et Passy — ancien hameau de bûcherons qui devint résidentiel quand on y exploita des eaux ferrugineuses —, mais peut-être les circonstances avaient-elles légèrement exacerbé sa petite paranoïa naturelle.

« Le témoin… personne…, murmura-t-il, songeur.

— Que dites-vous ? lui demanda le passager assis en face de lui.

— J'ai trouvé !

— Comment sortir de ce piège, c'est ça que vous avez trouvé ?

— C'est ça ! fit-il en claquant des doigts. Paul Celan, bien sûr... Personne ne témoigne pour le témoin... C'est de lui, je sais ce qui m'y a fait penser : vous voyez, là-bas, le pont Mirabeau, c'est de là qu'il s'est jeté, on a retrouvé son corps dix jours après dans un filtre de la Seine à la hauteur de Courbevoie et dans son portefeuille deux places pour *En attendant Godot,* qu'il devait aller voir avec son fils. C'est inouï, des gens ont osé blaguer un poète qui se suicide au pont Mirabeau, mais il habitait à cinq cents mètres, voilà tout, s'il avait vraiment songé à la mise en scène de sa mort, il aurait choisi ce fameux pont de Paris dont les désespérés se repassent l'adresse, c'est là qu'on enregistre le plus fort taux de morts volontaires car c'est là que les courants sont le plus forts, impossible de s'en sortir, impossible, un sauveteur breveté y a même laissé sa peau...

— Vous n'avez rien de plus gai à nous raconter ?

— Si je comprends bien, fit un autre, nous serions vernis si nous tombions du haut du pont Bir-Hakeim, ce serait notre chance, à moins que... »

Venue d'une banquette située à l'arrière, une voix plus âgée, au timbre d'une tristesse pathétique, s'interposa.

« Il est situé à quelle hauteur de la Seine, ce fameux pont ?

— Je ne sais plus...

— Mais si, vous le savez parfaitement, dans quel quartier ? entre quels bâtiments ?

— Non, non, n'insistez pas... »

Il aurait pu leur dire ce qui était gravé sur la plaque apposé à la gauche du décrochement du pont où les amoureux ont l'habitude de se retrouver en toutes saisons, quelques lignes rappelant ces journées de juin 1942 au cours desquelles une brigade des Forces françaises libres avaient repoussé les assauts furieux de deux divisions ennemies et affirmé au monde que la France n'avait jamais cessé le combat, c'étaient les propres mots de l'inscription commémorative, mais il valait mieux ne pas trop en faire car dans ces moments-là tout donne matière à interprétation. On ne s'était jamais autant parlé dans cette rame, les habitués de la ligne pouvaient en témoigner. L'adversité déliait les langues à défaut de créer une véritable solidarité. Celle-ci ne pouvait être que superficielle, car elle n'aurait à résister ni à la durée ni à l'intensité de l'épreuve.

La coupure d'électricité ne permettait même pas de lire pour tromper l'attente. La seule personne apparemment insensible aux événements était une jeune fille qui n'avait cessé de dodeliner de la tête, envoûtée par la musique de son baladeur au point de demeurer indifférente au drame qui se jouerait peut-être sous ses yeux, à moins qu'elle n'eût choisi ce moyen de fuir l'angoisse générale au fond largement partagée. Une véritable angoisse, de celles qui sidèrent, liquéfient, vitrifient, pas un clapotis du vague à l'âme. Il aurait tant voulu identifier le morceau qu'elle écoutait, curieux de rassembler les sons qui s'échappaient du casque afin de leur donner une cohérence sous un nom à défaut d'un titre, mais non, ça ne se fait pas, surtout quand on vient de se faire remettre à sa place par deux fois. Mû par un doute absurde que seule l'absurdité de la situation autorisait, il se leva et colla son nez à la vitre de la porte arrière, mais non, leur wagon n'avait pas été abandonné. Le reste du train fantôme ne s'était pas désolidarisé d'eux, pas encore.

Enfin la lumière fut. Un bruyant soulagement général l'accueillit, bien que le train demeurât immobilisé. On y voyait, c'était déjà ça. Chacun se dévisagea avec un plaisir enfantin. Plusieurs personnes avaient changé de place. Il n'avait pas regagné la sienne, préférant rester debout. Un réflexe naturel lui faisait tenir la demi-rampe fichée dans la paroi alors que la voiture restait désespérément inerte. Le comique ajoutait au ridicule, mais une situation exceptionnelle autorisait toutes les divagations. Ce détail arracha un sourire à la jeune femme au béret noir qu'il avait maladroitement importunée sur le quai, à Montparnasse. Mais quand elle fronça les sourcils, et que la stupeur put se lire sur ses traits, il ne comprit pas tout de suite ; à dire vrai, il se méfiait, instruit par leur mésaventure. Il fallut qu'elle l'interpellât pour qu'il prenne conscience de ce qui venait d'arriver :

« Monsieur, votre main... Vous avez vu votre main ? »

Il en avait le souffle coupé : elle était en sang. Qu'il la retournât en tout sens n'y changeait rien, sa main restait à lui et elle était maculée de sang.

Pourtant, il ne se souvenait pas s'être blessé, ni avoir éprouvé une quelconque douleur depuis le début de l'incident. Tout est possible dans la pénombre, mais même une simple piqûre accidentelle se ressent; et de toute façon elle n'aurait pas provoqué une telle coulée. Il était bêtement là, debout au milieu du wagon, sous une dizaine de regards plus éberlués les uns que les autres, tenant sa main sanguinolente bien en évidence devant lui afin de ne pas tacher ses vêtements. En fait, il la tenait autant qu'elle le tenait. À croire qu'elle ne lui appartenait pas, que ce n'était pas ses doigts, pas son sang.

Pétrifiée sur son strapontin, la jeune femme au béret noir l'avait quitté des yeux pour se concentrer sur le vieux monsieur très digne et un peu absent tant il paraissait absorbé par ses pensées, assis juste au bas de la demi- rampe qu'il venait de lâcher. Du sang s'écoulait en abondance, lentement mais sûrement, de sa narine gauche jusqu'à baigner le col d'une chemise qui avait été blanche. Comme il n'en demeurait pas moins impassible, elle voulut le prévenir mais aucun son ne sortit de sa bouche. Sa main tendue et son doigt pointé effrayaient au-delà du raisonnable.

L'homme restait assis, figé dans l'étonnement de toute cette agitation. Pourtant on s'affaira autour de son corps avec les précautions d'ordinaire réservées à un cadavre. Tout cela à cause d'une simple épistaxis conjuguée à une atmosphère dramatique. Chacun voulait se rendre utile, sauf l'intéressé, qui n'en pouvait mais.

« Une poussée de tension, l'émotion probablement, déclara l'ingénieur. C'est spectaculaire mais
pas grave tant que ça ne se passe pas dans les veines
à l'arrière…

— Vous êtes aussi médecin ?

— Il faut absolument stopper l'hémorragie.
Quelqu'un a des mouchoirs ? Vite ! »

Les uns et les autres se regardèrent. Les hommes
fouillèrent leurs poches, les femmes leurs sacs, en
vain. Ils paraissaient tous également désolés.

Sa main ensanglantée l'empêchait de se rendre
efficace. Il ne pouvait même pas l'essuyer. L'ingénieur se tourna vers lui :

« Votre cravate, ça fera l'affaire !

— Impossible, je me rends à une réception et
je ne m'y présenterai pas le cou nu, sûrement pas !
Je ne sais déjà pas comment je vais me nettoyer la
main…

— Vous trouvez que ça manque d'eau ? ironisa
le jeune homme anthracite en regardant en
contrebas par la fenêtre.

— Messieurs, messieurs, ce n'est vraiment pas le
moment ! »

Rien ni personne ne lui aurait fait sacrifier sa
cravate. Cette soirée, il y était attendu et il n'y ferait
pas mauvaise figure. À nouveau l'ambiance devenait électrique. Le vieux monsieur, toujours aussi
stoïque, continuait à perdre son sang. Quelqu'un
voulut s'emparer d'un carré de soie mais sa propriétaire, déjà veuve de son parapluie, l'enfouit
aussitôt dans son sac à main, qu'elle portait en ban-

doulière — on n'est jamais trop prudent dans le métro :

« Vous plaisantez ? Vous savez ce que ça coûte, un foulard pareil ? Et puis je ne veux pas du sang d'un autre sur mes affaires, avec toutes ces maladies qu'on voit aujourd'hui, non…

— Mais enfin ! s'écria l'ingénieur en tenant le vieux monsieur par l'épaule, on ne va tout de même pas le laisser dans cet état ! »

Alors l'adolescente au baladeur vissé dans les oreilles surgit en rythme du fond du wagon, s'agenouilla devant le blessé, sortit un tube de son sac à dos, le décapuchonna pour en extraire un tampon, qu'elle ficha d'autorité dans la main du vieux monsieur très digne. Coupant court à la stupéfaction générale, et nonobstant sa dignité, elle l'obligea à s'adapter au caractère extrême de la situation en enfilant l'instrument hygiénique et périodique dans la narine coupable et à l'y maintenir. Après quoi elle se releva et rejoignit sa place sans se désenvoûter un instant d'une musique dont on aurait juré qu'elle n'avait rien d'un menuet de Boccherini.

La lumière revenue, la brèche nasale colmatée, le gros temps calmé, il ne manquait plus que le train redémarre pour que les voyageurs eussent enfin une certaine idée du bonheur en ce bas monde. Il le fallait de toute urgence car le hasard du jeu de banquettes musicales qui n'avait pas cessé depuis le début, à moins qu'un malin génie ne s'en fût mêlé ou que le plus provocateur des deux ait voulu en découdre, venait de placer face à face les deux jeunes qui s'étaient bruyamment accrochés au composteur de la station Montparnasse. Ils ne disaient mot mais s'observaient fixement. On les sentait prêts à exploser, le verbe précédant le geste, les insultes avant les coups. Leur mutisme était plus pesant que ne l'eût été le plus violent des échanges, d'autant qu'ils se savaient observés. Lequel abaisserait le regard le premier ? Un duelliste qui baisse la garde est perdu, même s'il a un objet oblong dans sa poche. On ne s'avilit pas à se mesurer à son adversaire, vieux principe shintoïste qui n'appartenait probablement pas à leur culture. Alors le fraudeur venu d'ailleurs cala ostensiblement ses pieds sur le cuir de la banquette. Puis il se pencha vers l'accordéoniste assis de l'autre côté de la travée ; lui qui mettait un point d'honneur à creuser le manque à gagner de la airatépée, il sortit triomphalement plusieurs pièces de monnaie de sa poche ; avec la lenteur étudiée d'un supplice chinois, il les déposa une à une dans le gobelet accroché à l'instrument en prenant bien soin de les faire tintinnabuler. Il n'en fallait guère plus pour ragaillardir le musicien, lequel se lança aussitôt dans une époustouflante interprétation du *Tempo gusto* du concerto pour orgue en *la* mineur BWV 593 de Jean-Sébastien d'après Vivaldi qui laissa coite l'assemblée.

Alors, mais alors seulement, comme touché par la grâce de cet instant d'une rare intensité, dans ce décor apocalyptique suspendu entre ciel et terre, le métropolitain reprit ses esprits. La bête consentit enfin à lentement repartir, trouée blanche dans la nuit parisienne enfin apaisée.

« Ça y est, ils ont payé leur facture d'électricité, on peut repartir ! »

Deux minutes plus tard, la rame s'échouait le long de la station Passy et déversait sa cargaison humaine. Tous descendirent, même ceux qui n'avaient rien à y faire. L'aventure qu'ils venaient de vivre les avait provisoirement dégoûtés de leur moyen de transport favori. Certains titubaient sur le quai, ivres du grand large retrouvé, comme délivrés d'une oppression intolérable ; d'autres se précipitaient vers le bureau du chef de gare pour réclamer des comptes en attendant de formuler leurs réclamations à la direction. Même les escalators étaient d'une humeur massacrante, il fallut emprunter des escaliers réservés au service et se retrouver on ne sait où. Une tempête, un court-circuit et une ville se retrouve hors d'usage. Les haut-parleurs diffusaient un bredouillis d'excuses aux motifs obscurs, mais c'était sans importance, les compagnons du suprême parcours s'éparpillaient sans y prêter la moindre attention. Ces gens avaient vécu côte à côte quelque chose qui hanterait longtemps leur vie mais ils avaient hâte de se séparer pour ne plus jamais se revoir. Eux qui tout à l'heure avaient envisagé de mourir ensemble ne se connaissaient déjà plus. Demain, lorsqu'ils se croiseraient sur leur ligne, ils ne se salueraient même pas. Inconnus comme avant. Misère de la société anonyme.

C'étaient juste des gens ordinaires à qui il était

arrivé des choses extraordinaires. On devrait pouvoir choisir ceux avec qui on va mourir.

Soudain, il n'y eut plus personne auprès de qui se renseigner. Pas une âme à qui parler. On a beau goûter la solitude, surtout quand elle est toute neuve et qu'on la savoure comme une liberté chèrement conquise, lorsqu'on est vraiment seul on se sent moins nombreux.

Le square Albinoni était étrangement absent du plan du quartier et l'heure tournait. La maison de Balzac par ici, le musée Clemenceau par là, bon à savoir mais pour une autre fois. Maudite soirée qui n'en finissait pas de se dégrader. Les rues offraient le paysage désolé d'un lendemain de petit désastre urbain. Seuls les réverbères conservaient intacte leur fierté.

Il essaya de se diriger au flair. Ce ne pouvait être cet immeuble moderne, avec ses appartements si transparents écrasés par cette affreuse lumière halogène qui tue les nuances ; en l'absence de rideaux tirés, on voyait tout comme chez les prostituées des quartiers chauds de Hambourg ; ces gens n'étaient donc pas gênés de vivre en vitrine, parfois le bon XVIe avait l'impudeur de Neuilly, la décadence de l'Empire romain avait dû s'annoncer par des détails de ce type, des bourgeois qui font le trottoir. Tels qu'il se les imaginait, ses hôtes ne vivaient certainement pas ainsi, entourés de tableaux contemporains qui faisaient penser à des factures agrandies ; chez eux, ce devait être ancien et discret, là peut-être, un petit pan de bibliothèque aux livres reliés éclairé par une lumière tamisée, entrevu derrière d'épais rideaux en gourgouran à peine retenus par une fine embrasse, ou là, qui sait. Une gardienne d'immeuble affairée à constater les dégâts eut la bonté de l'éclairer et de le gratifier pour l'occasion d'un cours particulier d'histoire de la musique, lui apprenant l'air de rien à distinguer l'homme à l'adagio d'une cantatrice qui eut le bon goût de mourir par ici — il y a comme ça des quartiers où les gardiennes sont encore plus snobs que sont supposés l'être les copropriétaires, voilà, cher monsieur, c'est au bout à gauche, le square *Alboni*.

Au n° 5, un immeuble en pierre de taille à la façade fraîchement ravalée, un donjon plutôt qu'une façade, c'était au cinquième étage. Quand on veut découvrir les gens, on ne prend pas leur ascenseur, on prend leur escalier. On foule le tapis étage par étage, on s'interroge sur l'identité des voisins, on note l'originalité des vitraux à chaque palier.

Il sonna en dissimulant sa main gauche ensanglantée derrière son dos. Une domestique en noir et blanc ouvrit, aussitôt congédiée d'un geste par une femme en couleurs. L'entrebâillement laissa échapper l'écho assourdi d'un joyeux brouhaha, une fête de grande famille, c'était bien là.

« Enfin… »

Une silhouette, un éclat, un port de tête, un regard, un sourire, le grain d'une voix. Quelque chose de surprenant dans cette alchimie produisit une étincelle aussitôt tempérée par la bienséance.

Il n'en fallait pas davantage pour l'aider à retrouver sa légèreté et à sortir de ses ténèbres. Il effleura la main que l'apparition lui tendait et s'inclina.

« Mes hommages, madame. François-Marie Samson.

— Vous n'avez pas eu trop de mal à vous garer ?

— Pardonnez mon retard mais il se trouve que… Je peux me laver les mains ?

— On n'attendait plus que vous. Allez, entrez vite… »

2

« … Si c'est vraiment pour vous laver les mains, c'est là, juste à gauche, sinon c'est en face, dépêchez-vous… »

Elle referma la lourde porte d'entrée tendue de velours grenat avec suffisamment de délicatesse pour que nul ne remarque l'arrivée ni l'éclipse du retardataire. Il prit son temps, car rien n'est éloquent comme les toilettes d'une maison. Leur bavardage est d'une totale indiscrétion sur l'esprit des lieux. La propreté bien sûr, ou plutôt la netteté, mais aussi la spontanéité dans le raffinement, le souci du détail, la préoccupation de l'inessentiel. Ou leur absence. Ou leur contraire. Mais ça ne devait sentir ni la préméditation ni la désinvolture. Une savonnette choisie tant pour sa teinte que pour son arôme, une serviette aux motifs discrets posée sur le rebord du lavabo, un cendrier creusé dans une feuille de vigne en bronze, presque rien qui dit presque tout. Visualiser, décortiquer, analyser puis fragmenter pour mieux photographier mentalement, il ne pouvait s'en empêcher où qu'il fût, un scanner vissé dans la rétine, c'était plus fort que lui et tant pis si ses amis y moquaient une discipline de policier ou d'indicateur, comment leur faire admettre que lorsqu'on est sensible au mystère des gens on veut savoir. Surtout pas pour juger mais pour comprendre. Le démon de la curiosité dans l'acception première du mot. Avec le goût de l'observation et la passion de la conversation, c'était ce qui lui faisait accepter des invitations chez des inconnus.

Au téléphone, on l'avait prévenu : soyez sans crainte, cela n'aura rien d'une de ces grandes lessives qui permettent d'effacer en un soir l'ardoise annuelle des politesses à rendre, ce sera plutôt une sorte de repas à la bonne franquette, une petite soirée à notre guise, un dîner de dimanche soir mais en semaine, juste la famille à peine élargie, ça nous ferait tellement plaisir de vous présenter à tous, en l'occurrence ce serait la moindre des choses, vous serez le héros de la fête… Et quelle fête ! Était-ce le lâche soulagement d'avoir échappé à une tragédie annoncée ? ou la simple douceur de vivre au sein d'une assemblée enfin civilisée ? il avait instinctivement envie d'aimer ces personnes qu'il ne connaissait pas, des vrais gens tout autant que ceux qu'il venait de quitter, sauf qu'avec eux un malentendu n'entraînerait pas automatiquement une décharge d'adrénaline ; il les aimait d'emblée non parce qu'ils avaient l'air équilibrés, riches, beaux et heureux, mais parce qu'ils paraissaient aimables.

« Ah… François-Marie Samson, je présume ?

— Monsieur de Chemillé, je suppose ? »

De toute évidence, ils n'appartenaient pas au même monde mais ils étaient de la même génération. Ils pouvaient se lancer dans un échange à la Stanley et Livingstone sans risquer de s'humilier et sans qu'on y relevât une familiarité abusive. Avec une poignée de main, ça suffit parfois à sceller une ébauche de complicité sans crainte de se fourvoyer.

« Soyez le bienvenu ! Allez, ne perdons pas de temps. Venez tous autour de nous… Voilà, c'est lui le coupable. »

Ou l'étranger, c'est souvent le même, sauf qu'en le conviant on l'avait introduit. François-Marie Samson fut alors traversé par une sensation inédite et qui ne se reproduirait probablement pas : au fur et à mesure qu'il avançait dans le grand salon en fendant l'assistance, il marchait dans une page du *Figaro*, celle du « Carnet du jour », le tam-tam des tribus, la seule rubrique dont il fit quotidiennement ses délices tant par goût que par déformation professionnelle. Naissances, baptêmes, fiançailles, mariages, deuils, condoléances, messes, anniversaires, souvenirs, conférences, soutenances de thèses, tarif de la ligne 131,19 francs TTC la semaine, 167,27 francs TTC le samedi dont TVA 19,6 %, réduction à nos abonnés, justement c'était comme si les abonnés le cernaient, peut-être s'était-il égaré par inadvertance dans une réunion d'abonnés aux masques de copropriétaires, une simple erreur d'étage, mais non, on ne fuit plus, c'était bien là puisqu'on l'y attendait, et que tous les étages s'étaient transportés jusqu'à celui-ci. Un œil exercé eût aussitôt repéré bébés à venir et vieillards en sursis, distingué les indigènes de Passy des aborigènes du faubourg Saint-Germain, et les Versaillais des autres. Quelques-uns esquissèrent des applaudissements aussitôt calmés d'un signe par le maître des lieux.

« Attendez d'abord de voir son œuvre. Bon... C'est avec une joie sans mélange que... Oh! et puis, foin des discours, on a assez de protocole toute la journée, venons-en au fait. Cher ami, quand je vous ai contacté il y a quelques mois, je vous avais prévenu que la route serait longue et difficile, que beaucoup de documents manquaient, que cela nécessiterait des recherches parfois complexes, que la tradition orale était souvent défaillante, qu'il y aurait de grosses lacunes. Et je dois reconnaître que vous avez réussi au-delà de toute espérance. Cet instant, notre famille l'attend depuis... ma foi, depuis si longtemps. Alors en notre nom à tous, en l'honneur de ce que fut notre maison et de ce qui demeure l'orgueil de notre lignée, merci. »

C'est alors qu'il se retourna vers un grand châssis mystérieusement dressé sur un trépied au milieu du salon et recouvert d'un drap blanc. Avec un brin de solennité qui s'accordait bien avec les accents de ses derniers mots, il se saisit d'un pli, prolongea encore l'attente d'une minute puis tira le drap d'un coup sec faisant apparaître, cette fois sous des applaudissements francs et nourris, non un Titien, ni même un Vigée-Lebrun mais un arbre généalogique tout neuf, richement orné et méticuleusement armorié, celui des Chemillé.

L'assistance se pressa autour du panneau afin de l'inspecter dans son plus infime détail. François-Marie Samson profita de cette concentration pour se frayer un chemin vers le buffet et garnir une assiette. Un adolescent d'une quinzaine d'années, des cheveux blonds harmonieusement séparés par une raie tracée au cordeau, les revers du blazer parfaitement aplatis, la cravate club aux rayures mauves et vertes impeccablement nouée, le pli du pantalon rigoureusement à l'aplomb du mocassin lustré, l'intriguait car il était le seul à être resté assis dans un canapé, absorbé dans la contemplation muette du motif dans le tapis, un splendide Aubusson au point de savonnerie à fond vert qui occupait bien la moitié de la surface du salon. Il n'en fallait guère plus pour l'inciter à le rejoindre. Sauf que jusqu'à ce jour, il n'avait jamais été intrigué par ce genre de mystère. Dans son esprit, si l'humanité se divisait principalement en deux catégories, ceux qui pensent que les tapis sont faits pour qu'on marche dessus et ceux qui préfèrent les clouer au mur pour que personne n'ait l'idée de les fouler, il estimait appartenir à une troisième catégorie : ceux qui ont tendance à soulever le tapis pour voir ce qu'on a glissé dessous. Manifestement, il en existait une quatrième, qui n'était pas la moins bizarre. L'adolescent paraissait autant solitaire qu'esseulé. Aussi Samson feignit-il d'être également captivé par le dessin au centre du tapis. Pour toute image, il ne voyait qu'un médaillon difficile à préciser, à décor de guirlandes et rinceaux, feuilles d'acanthe et entrelacs ; à peine distinguait-il des cornes d'abondance entre les bas-reliefs en camaïeu, rien de plus.

« Qu'est-ce que ça vous dit de votre famille ?

— C'est vous le généalogiste à qui mon père a passé commande, monsieur ? »

D'ordinaire, Samson évitait de répondre à une question aussi directe tant il craignait que le piège de l'identification sociale ne se referme sur lui. On est ce que l'on fait, quoi de plus réducteur. D'ailleurs, il écrivait volontiers « employé » à la ligne profession de son passeport. Ça ne voulait rien dire, juste qu'il n'était pas inemployé. Mais en de telles circonstances, il pouvait difficilement échapper à l'étiquette.

« Tout juste.

— Ça prend combien de temps pour faire un tel arbre ?

— Environ six cents ans, quelques mois et une poignée de secondes, répondit Samson en plongeant la main dans un bol d'amandes salées tendu par un maître d'hôtel en veste blanche. Vous n'en prenez pas ?

— Des études ont montré à travers différentes analyses qu'après une heure de cocktail dans une soirée moyenne on avait relevé des traces de quarante-trois urines différentes sur ces graines. Quand quelqu'un sort des toilettes, qui vous dit qu'il s'est lavé les mains ? »

Un peu surpris, Samson reposa le plus discrètement possible les siennes dans un cendrier et s'essuya maladroitement les doigts sur son pantalon. Au fond, ce n'était pas si sot. Quand on serre la main de quelqu'un, on ne sait rien des aventures de cette main dans les heures qui ont précédé ; il était bien placé pour le savoir et observait la sienne avec curiosité en imaginant l'effroi de tous ceux qu'il venait de saluer s'ils avaient su qu'elle avait été souillée du sang d'un inconnu une heure avant. La femme aux gants dans le métro avait quelque raison d'être obsessionnelle. Pour se donner une contenance, il sortit un paquet de Marlboro de sa poche. Alors qu'il s'apprêtait à allumer une cigarette, il s'enquit auprès de son jeune commensal :

« J'espère que la fumée…

— Ce n'est pas tant la fumée qui me gêne… Vous êtes raciste ?

— Pardon ?

— Vous permettez ? Regardez bien le couvercle de ce paquet, vous lisez Marlboro ; et maintenant retournez-le et lisez-le à l'envers. Qu'est-ce que ça donne ? *Horrible Jews*… Ça ne vous suffit pas ? Observez le paquet sur chacun de ces trois côtés : que dit le graphisme trois fois de suite ? KKK…

— C'est un point de vue, une question d'interprétation, observa-t-il en manipulant le paquet sous toutes ses facettes avec une certaine suspicion.

— Subliminale, si l'on veut. Mais il n'y a pas que cela. Vous voyez là-bas notre oncle Édouard, il n'est pas vieux, pourtant il n'arrête pas de se plaindre, il marche mal, surtout en début de semaine. Il n'admet pas que la pratique assidue du vétété provoque des lésions du scrotum et des testicules, que ça entraîne des calcifications, et que le liquide séminal des cyclistes tout-terrain soit trois fois plus pauvre en spermatozoïdes que la moyenne, une enquête scientifique autrichienne l'a récemment prouvé...

— Bon appétit ! »

Ce presque jeune homme illustrait parfaitement les ravages de la vulgarisation scientifique, l'empire de la technologie sur les cerveaux de demain, la sourde influence des rumeurs. Il était le principe de précaution fait homme. On n'aurait pu mieux incarner la fin du risque et la mort de l'audace. Tristesse de songer qu'il mobilisait tant de matière grise dans la maîtrise des aléas alors qu'on aurait tant voulu pouvoir compter sur eux pour donner un peu de poésie à la vie. Ouvrirait-on la fenêtre qu'il servirait séance tenante un couplet sur le réchauffement de la calotte glaciaire. Présenterait-on des cuisses de poulet à la provençale, il refuserait poliment au motif qu'on ne digère pas les agonies. Proposerait-on des sorbets prématurément décongelés qu'il invoquerait aussitôt le respect de la chaîne du froid. C'est alors que le téléphone portable de François-Marie Samson sonna, Agathe probablement, il n'y avait qu'elle pour le poursuivre à une telle heure et lui demander d'un air faussement détaché si le montant de la contribution établie par l'ordonnance de non-conciliation pour la durée de la procédure de divorce était déductible pour celui qui la verse et imposable pour celui qui la reçoit ou le contraire, et autres joyeusetés du même esprit, qui ne pouvaient naturellement pas attendre. Gêné, il l'éteignit aussitôt, écouta le message puis tendit l'appareil à bout de bras en le considérant avec suspicion et demanda à l'adolescent:

« Et lui, il a le cancer ?

— Cancéreux, c'est comme gaulliste, répondit l'adolescent tout à trac, tout le monde l'a été, l'est ou le sera.

— Qu'est-ce que c'est que cette histoire ? » lança dans un éclat de rire Inès de Chemillé en s'invitant dans leur entretien.

Samson se leva aussitôt tel un ressort pour se rasseoir à ses côtés, aussi emprunté que s'il avait été surpris en train d'empiler plusieurs canapés au fromage sur une assiette déjà pleine, mais il réprima aussitôt son impulsivité car ce monde avait une telle maîtrise de ses émotions qu'à la moindre gesticulation il devait vous assimiler à un énergumène.

« C'est-à-dire que votre fils m'a parlé de drôles de choses...

— Sixte a des centres d'intérêt un peu excentriques, il dévore un nombre incroyable de revues spécialisées. On ne dit rien car il nous ramène régulièrement un excellent carnet de notes... Oh ! veuillez me pardonner, on m'appelle du côté des cuisines, je suis à vous dans un instant... »

Faites donc, chère madame, et soyez à moi dans un instant et même un peu plus si nécessaire. Il se trompait rarement sur ses impressions premières, l'instinct est le plus fidèle allié d'un cœur innombrable : cette femme était une personne rare. Il n'en doutait pas, quoi qu'il n'ait guère eu le loisir d'apprécier son esprit. Mais il y avait en elle quelque chose d'aérien dans sa manière de se déplacer, d'occuper l'espace, de prendre la lumière. Une élégance souveraine au mélange subtil, un zeste de provocation, un soupçon de tradition, une pincée d'excentricité, une nuée de classicisme, toutes choses infiniment remarquables que nul ne devait remarquer. Le naturel avec lequel elle se laissait porter par sa robe, une idée flottant autour d'un corps, renvoyait des générations de snobs à leurs vaines recherches.

Curieux enfant que ce Sixte, celui qui l'intriguait le plus a priori. On devinait qu'en semaine il étouffait poliment entre catéchisme et petits rallyes. Il était déjà reparti dans son déchiffrage silencieux du motif dans le tapis.

« Vous aimez les études ?… Je veux dire : pourquoi travaillez-vous bien ?

— Pour qu'on me laisse tranquille. »

La réponse avait été prononcée sans aucune agressivité, et sans qu'il se soit le moins du monde laissé distraire de sa contemplation, mais il n'en fallut guère plus pour que François-Marie Samson lui fausse compagnie car rien ne le hérissait comme de se sentir en trop. Il l'était manifestement, le jeune Sixte de Chemillé traduisant par la douce tension qui se lisait sur son visage l'expression qui devait être celle des sculpteurs de l'art roman obsédés par le diable lorsqu'ils partaient à la conquête de l'invisible. Car Samson avait beau lui aussi se concentrer sur le motif au centre du tapis, il ne voyait rien, rien d'autre que des signes à peine moins compliqués à déchiffrer que la parole de Dieu, quelque chose qui évoquerait les colliers de saint Michel et du Saint-Esprit surmontés d'une couronne avec deux ailes blanches, il n'était pas un spécialiste mais ces choses-là s'apprennent à force de fréquenter chez.

Il fit quelques pas du côté de la porte-fenêtre. La vue le sidéra. En parfait aplomb du balcon, les marches menant à la station Passy, le pont de Bir-Hakeim et son prolongement à travers le métro aérien. Sa ligne à leurs pieds. N'eussent été la distance, le halo et l'ampleur de la perspective, il aurait aperçu ses propres fenêtres car, depuis sa séparation, il louait un appartement à l'angle du 27 boulevard de Grenelle et de la rue Saint-Saëns, juste de l'autre côté du pont. Si près, si loin, étrange coïncidence. À croire qu'un fil invisible les reliait, bien que le pont ne séparât pas seulement le XVe arrondissement du XVIe mais bien deux mondes.

Ces gens-là étaient normaux, apparemment si normaux que cette extrême normalité ne pouvait qu'entraîner le doute. Tous lui étaient inconnus, mais nul mieux que lui n'était à même de les connaître, car sur chacun il possédait une fiche généalogique. Son éloignement de l'assemblée pouvait être mal interprété, aussi se fit-il violence pour s'immiscer dans les bavardages, quoiqu'il ait toujours pris un malin plaisir à se faire passer pour spectateur de l'événement dont on le considérait comme l'acteur, c'était même la clef de son machiavélisme. Vertu de ces cocktails dînatoires qui atomisent une table de banquet et la pesanteur qu'elle distille d'ordinaire, chez des particuliers on passe à loisir d'un groupe à l'autre sans se justifier ni déroger à quelque règle de bienséance en fonction de son seul bon plaisir. Ils n'ont pas le défaut de ces réunions où toute conversation a ceci de commun avec le coïtus interruptus qu'elle laisse un parfum d'inachevé, à moins que l'insupportable regard périphérique de l'habitué de ce genre d'agapes (l'air de rien, qui vois-je et qui m'a vu ?) n'y ait déjà mis un terme, il vous parle sans vous entendre, puis vous entend sans vous écouter, le babil n'est que musique de fond, qu'importe la réponse du moment qu'on a la question, l'inaccompli est de règle. Ces cocktails dînatoires n'ont pas davantage le caractère mortel des dîners assis placés où le hasard du voisinage immédiat peut rendre agoraphobe pour la vie, au moins. En somme un dîner assis debout où les invités se posent, se reposent et se déposent au gré des rencontres, aimantés par un regard, intrigués par une voix, appelés par une parole.

L'enquête pour laquelle son cabinet de généalogie avait été commanditée par M. de Chemillé avait assouvi sa soif d'indiscrétion. Eu égard à l'importance du contrat, il avait mobilisé tous ses réseaux de province afin d'y inventorier et éplucher pièces d'état civil, registres paroissiaux, actes notariés, documents fiscaux, insinuations judiciaires. Pour que rien ne lui échappât, que nul confrère ne l'humiliât jamais en repassant sur ses traces pour achever son travail, il avait sous-traité la recherche dans les plus obscurs dépôts d'archives départementales auprès de correspondants qu'il recrutait d'ordinaire parmi les érudits locaux, société aussi sympathique que désintéressée. La personnalité de son client lui avait permis d'obtenir des dérogations pour consulter des papiers en principe inaccessibles aux particuliers quels qu'ils fussent ; l'Administration savait trouver des accommodements avant que n'eût à s'exercer une quelconque pression venue d'en haut.

Il aimait mieux chercher que trouver. Outre la synthèse de cet immense corpus d'informations, François-Marie Samson ne s'était pas seulement réservé la collecte d'informations dans les fonds privés détenus par des familles amies ou alliées, démarches qui requéraient le plus de doigté et de diplomatie ; il avait également gardé pour lui l'aspect le plus gratifiant du dossier Chemillé, le sel de l'enquête, la recherche purement historique auprès des spécialistes de chacune des périodes concernées, héraldistes patentés et sigillographes brevetés, fous du blason et obsessionnels du sceau, parmi lesquels les conservateurs de musée passaient encore pour les plus équilibrés.

À considérer cette assemblée de semblables dans leur jus, à les observer isolément ou en grappe plutôt qu'en groupe, il ne pouvait réprimer un sentiment vaguement honteux, assez inavouable, quelque chose comme de l'envie. Non pas la jalousie et son cortège de haines recuites, mais l'envie dans son acception la plus pure, débarrassée non seulement de toute idée de malveillance mais de la notion même de désir. Il les enviait avec amour car ils le réconciliaient avec une conception de l'humanité qu'il croyait perdue à jamais. Cette vision du monde se constituait de notions aussi insaisissables que la durée, la pérennité, la continuité. Ils paraissaient tous si solidement arrimés à un socle indestructible qu'en regard Samson ne pouvait être qu'un homme sans gravité. Il ne leur enviait pas leur château mais l'idée qu'une seule et même famille y avait vécu depuis sa construction. La lente traversée des âges et des époques leur avait appris une certaine idée de la transmission. Les racines dans lesquelles ils paraissaient si profondément ancrés, l'immeuble de famille à Passy, le château de famille dans la Sarthe, la maison de famille à Varengeville-sur-Mer, le caveau de famille à Chemillé-sur-Déme, autant de lieux bien à eux où naître, vivre et mourir entre eux comme si la famille préservait de l'infamie. Cette descendance aussi abondante que l'ascendance qu'il s'était évertué à reconstituer, une certaine idée du bonheur qui s'en dégageait, tout cela leur donnait une harmonie qui ne pouvait que provoquer l'envie aux yeux du monde. Sur de telles assises, l'avenir pouvait être envisagé avec plus de certitudes que d'inquiétudes. Comment avaient-ils fait pour n'avoir jamais connu de drame, même pas un bon petit cancer, à moins qu'il leur parût trop immodeste de manifester leur souffrance, et, si la tragédie de la vie ne leur avait pas été épargnée, comment faisaient-ils pour s'en accommoder sans rien en laisser paraître ? Peut-être avaient-ils caché les horreurs sous le tapis, qui sait ? et que nul n'y était allé regarder depuis le temps des abbés précepteurs et des nurses anglaises, quand on faisait encore repasser les journaux au fer et bouillir les pièces de monnaie par les domestiques. Chez eux, on ne devait ni se suicider ni divorcer car ça ne se fait pas ; si nécessaire, dans le premier cas on évoquait un malencontreux accident de chasse, dans le second on assurait qu'un si sot mariage avait d'ores et déjà coupé les liens de famille.

Ils ne donnaient pas l'impression de vivre la mort dans l'âme. Avaient-ils seulement entendu parler du sentiment tragique de la vie ? Même leurs portraits d'ancêtres n'exprimaient pas la présence des morts. N'empêche, ils avaient l'air autant protégés que bénis. Dieu avait dû les garder pour longtemps à l'abri sous son grand parapluie afin de les récompenser d'avoir entretenu la flamme du sacré en eux.

Désormais déboussolée, la société française s'enfonçait dans le vrac et l'instabilité tandis que les Chemillé maintenaient le cap en restant eux-mêmes, solidement plantés dans leur univers séculaire tout en s'adaptant au cours tumultueux de l'Histoire. Seuls les jaloux les plus hâtifs y décelaient le privilège de la fortune quand celui de la naissance lui était si supérieur. Parfait alignement des valeurs, équilibre des paysages alentour, harmonie des tracés, cette famille avait la douce rigueur d'un jardin à la française. L'argent n'achète pas ça.

Le phénomène l'avait frappé lorsqu'il avait fait sortir de terre l'arbre de cette lignée : leurs noms et leurs prénoms constituaient déjà à eux seuls une langue, comme dans les plus belles pages de Proust, la langue française par excellence, tant pour le sens que pour la sonorité, tant pour l'évocation que pour l'épaisseur, tant pour le feuilleté que pour la musicalité. Ils étaient la syntaxe profonde et souterraine de cette recherche du temps perdu. Ceux qui demeuraient insensibles à cette mélodie patronymique devaient considérer l'aristocratie comme plus exotique encore que la Polynésie.

Un nom est déjà un monde, une histoire et une géographie. Il annonce l'histoire intime d'un inconnu autant qu'il la dénonce. Inouï, tout ce que nous pouvons déduire ou inférer du simple énoncé d'un nom lorsqu'un anonyme sort du lot pour nous être présenté. Tant de malentendus peuvent naître d'avoir trop bien entendu une identité. Surtout quand l'accent tient lieu de carte de visite. Il trahit tout, ce qu'on a été, ce qu'on est, ce qu'on aimerait être. Certains semblent avoir l'ouïe dressée pour ça, particularité susceptible de tourner à la névrose chez un généalogiste.

Ces gens-là semblaient tous porter des noms de rues. En s'avançant parmi eux, François-Marie Samson avait l'impression de feuilleter un plan de Paris.

Loin de toute guérilla mondaine, il prenait conscience pour la première fois que la terre anoblit l'homme, et non l'inverse, ce qui était le propre d'une seigneurie. À la différence des Cossé-Brissac, pour ne citer qu'eux, cette famille n'avait peut-être pas donné douze ducs, quatre maréchaux, cinq gouverneurs de Paris et quelques hommes politiques à la France, mais elle n'en avait pas moins enrichi son histoire.

Soudain, il comprit l'esprit de tout ce que Tanneguy de Chemillé entendait préserver, et en quoi sa crainte d'être confondu avec des homonymes, des faux ou des imposteurs ne relevait pas que du snobisme. Mais il n'était pas nécessaire d'avoir l'orgueil des siens pour détester les amalgames.

Au fond, cela portait ses fruits d'avoir répété pendant des générations à ses enfants : n'oubliez jamais que vous êtes des Chemillé... Tant pis si leur discrète nostalgie du monde d'avant sentait parfois l'ossuaire. Leur sentiment d'appartenance était leur vraie richesse, et sa pauvreté à lui. Une phrase lui revenait, qui lui était restée dans le creux de l'oreille depuis un séjour en Amérique, *you have to belong,* il n'aurait pas pu vivre là-bas, lui qui n'appartenait à rien, famille, cercle, club, association, mouvement, organisation, église, groupe, rien qui rattache aux autres, rien qui fît le lien.

Face à eux, Samson se sentait soudainement très seul alors qu'une telle impression l'avait rarement effleuré en de telles circonstances. Fallait-il qu'il fût particulièrement vulnérable, plus déstabilisé que jamais par le harcèlement permanent d'Agathe, pour être aussi sensible à cette mystique tribale, alors que l'esprit de clan ne l'avait jamais séduit. Impossible que les Chemillé fussent la seule famille française imperméable aux règlements de comptes, coups tordus, fâcheries tenaces, rumeurs malveillantes et autres effets pervers des indivisions qui minent la vie quotidienne des autres. À défaut de la souche principale, les branches de l'arbre laissaient quelque espoir de ce côté-là.

Dans le registre de la médisance, il ne faut jamais désespérer des belles-familles. Pas de raison que celles-ci échappent à la mesquinerie et aux petitesses, même si le tableau généalogique des alliances ne reflétait guère de mésalliances. Des douairières à l'œil exercé y auraient analysé des stratégies matrimoniales, mais pas de tactique. François-Marie Samson, moins idéaliste qu'on ne l'eût cru, n'était pas dupe, sauf que ce soir-là il n'avait pas à cœur de soulever le tapis. Le Nôtre, qui avait le sens de la mesure dans le maniement des proportions monumentales, avait certainement dessiné cette famille-là, les lignes de fuite de son tempérament et les mouvements secrets de son âme. Rien ne devait troubler un si bel ordonnancement. Malheur à qui toucherait au chef-d'œuvre ! Le tableau avait son artiste, François-Marie Samson, généalogiste domicilié à Paris XVe.

Est-ce ainsi que les nobles vivent ? L'appartement du square Alboni avait tout pour évoquer les fastes d'une Atlantide engloutie, les restes d'un âge d'or et la décadence que l'on prête aux fins de race ; rien pourtant n'y accrochait le regard qui rappelât une quelconque nostalgie aux relents de naphtaline, même pas la hauteur des plafonds et la rampe de fer forgé partiellement doré du grand escalier menant aux chambres. Cossus mais sans ostentation, les lieux n'entraînaient pas ce sentiment de luxueuse désolation que provoquent ces grands paquebots mélancoliques accrochés au dernier étage de certains édifices haussmanniens du quartier. De toute évidence, cette maison était vivante, elle avait une âme. Il y avait bien des stigmates d'héritages que les funérailles de l'Ancien Régime avaient quelque peu dépareillés pour cause d'événements regrettables, pillages et massacres de funeste mémoire, exils et retours mouvementés. On sentait qu'une fortune séculaire s'était légèrement dissipée, mais que de beaux restes aideraient le cas échéant à la survie décente d'une ou deux générations de Chemillé.

François-Marie Samson en était d'autant plus impressionné que, pour sa part, il ne possédait absolument rien. Même pas les dépendances d'une sorte de maison de campagne. Pas la moindre cabane de jardinier. Le divorce allait le débarrasser de ce qui aurait pu lui donner l'illusion d'avoir appartenu un tout petit peu au peuple des propriétaires.

Son désintérêt pour l'argent lui avait coûté une fortune tant il avait emprunté. Presque pas de clefs à son trousseau quand ses amis, avec l'âge, en avaient les poches gonflées. Cette légèreté était son luxe, mais il s'avérait hors de prix. Cela se payait parfois d'angoisses éprouvées à la pensée vertigineuse de ses vieux jours. Ne rien posséder sans jamais être possédé. Ni parent d'élève ni copropriétaire, doublement ignoré par leurs associations, il échappait à un type de réunions dont il pressentait à juste titre qu'elles lui feraient horreur.

En fait, il n'avait pas de problèmes d'argent mais un problème avec l'argent. Dans le premier cas, ça se règle. Dans le second, ça se soigne. Sauf qu'il ne voulait même pas en entendre parler tant l'idée de médicaliser le problème offusquait son art de vivre.

Une telle liberté relève d'une morale d'équilibriste. Mais tient-on toute une vie en équilibre ? On ne tient pas, Samson, regarde ces murs et touche-les, perce du regard la crasse des siècles qui s'y est déposée, c'est du solide depuis longtemps et pour longtemps, un je-ne-sais-quoi d'immuable qui doit donner à ce monde-là le sentiment de son indestructibilité. Ces gens font partie de la grande chaîne de l'existence mais toi, aussi dépourvu d'aïeux que de descendants, toi qui te flattes d'avoir commis tous les crimes sauf celui d'être père, regarde-toi, tu n'appartiens qu'à toi, tu n'es que toi, c'est ta misérable fierté, tu ne sauras jamais ce qu'il faut d'orgueil à l'homme pour être soi et sa circonstance.

Des portraits d'ancêtres, datant du temps où les hommes se croyaient des royaumes insoumis, témoignaient de l'illustration de cette famille et de son inscription dans le passé glorieux de ce pays quand il n'en avait que pour Dieu et pour le roi, mais aussi de quoi combler les antiquaires les plus sourcilleux, des fauteuils à la reine en noyer sculpté signés Jacob, des encoignures portant l'estampille des fameux ébénistes BVRB, et d'autres meubles dont il n'était pas indispensable de chercher la signature pour en apprécier la facture, tels ce petit bureau à cylindre en chêne, bois de rose et sycomore dans le boudoir, ou cette table ovale en chiffonnière, des trumeaux Louis XV en bois sculpté peint en vert et doré pour ne rien dire des scènes de chasse peintes par Oudry, d'huiles et d'aquarelles ressuscitant le charme secret d'un autre temps, de la quantité de livres portant pour la plupart le monogramme «C» sur la page de titre, sur l'ex-libris et parfois sur les pièces d'armes au dos des reliures, des photographies de laisser-courre où des aïeux au port un peu raide semblaient dire qu'il suffit d'être à cheval pour se sentir moins républicain, toutes choses qui pussent laisser accroire au visiteur non prévenu que la Révolution n'avait pas eu lieu, ou qu'elle avait du moins épargné cet immeuble et ses habitants. Mais de discrets détails, dans le confort ouaté des canapés, dans les petites tables basses aux pieds sculptés, dans les dessins d'artistes contemporains, rappelaient opportunément que les hôtes n'étaient pas en froid avec leur temps. Classiques mais modernes. Cette famille n'avait pas le culte de l'ancien mais de la patine. À l'aube du XXIe siècle, elle avait eu la grâce d'en faire un atout avec juste ce qu'il faut de négligence.

Rien qui sentît l'effort, chez les personnes non plus que dans les lieux.

Quels que fussent leurs mérites, ils devaient l'essentiel de ce qu'ils étaient non au travail mais à l'idée de noblesse, qui est le véritable privilège de la naissance. Dans cet univers si policé, où le contrôle de soi bridait la spontanéité, toute personne dotée d'un tempérament devait passer pour hystérique. Avec plus ou moins de bonheur selon les cas, les Chemillé avaient intégré au fil des temps la civilité comme un principe de base de toute éducation jusqu'à en faire un réflexe inné. Leurs mœurs et leurs manières avaient parfaitement assimilé d'une génération l'autre l'excellence de la tenue en société telle que la recommandaient les traités de savoir-vivre et tout ce que cette littérature avait produit de décisif sur les convenances et usages du monde. On ne sentait même pas qu'ils les avaient jamais ouverts tant pour eux la règle allait de soi. Tout de même, ce mode d'emploi des vieilles familles, certains l'avaient pris au mot. Le cousin affalé là-bas, on lui avait tant et si bien expliqué que le travail avait quelque chose de vulgaire qu'à force de le dissimuler il avait fini par l'éliminer ; lui qui avait l'art d'exister aux dépens des autres, il s'était résolu sans forcer sa nature à vivre des rentes de sa femme, ce qui porte un nom aussi, mais la civilisation des mœurs avait l'esprit large et le bon goût de ne pas s'appesantir sur ce qui fâche. Dans les moments délicats, il leur suffisait de rappeler qu'ils étaient entre gens de bonne compagnie et l'on glissait.

Tous ces gens n'avaient pas seulement un curriculum vitae mais une biographie que leur conférait leur origine. Quelle que fût leur personnalité, ils avaient déjà une histoire dès lors qu'ils se sentaient dépositaires d'un passé, de traditions, d'un rang, de valeurs, de principes, lesquels s'incarnaient dans leur patronyme plus encore que dans le blason (d'or à la bande de gueules senestrées d'une billette de sable) qui le prolongeait, et dans leur devise, qu'il traduisait «Tout prendre, ne rien lâcher». Autrement dit ne rien refuser de ce qui s'offre à nous dans l'avenir, mais dans le même temps ne rien abdiquer des idéaux qui nous ont faits. Samson connaissait surtout leur casier généalogique. D'un certain point de vue, il savait l'essentiel; il ne lui manquait que le superflu, lequel pouvait seul lui enseigner ce qui, pour ce monde aux codes mystérieux, distinguait le crime de la faute de goût.

Après tout, ce n'était qu'une tribu, avec ses codes, ses rites et son langage. Une tribu qui s'était perpétuée du bon côté du fleuve. Ils devaient se soutenir malgré tout, malgré les dissensions et les mesquineries. S'il n'était solidaire sur l'essentiel, un tel clan ne durerait pas des siècles.

Grands restaurants, halls d'aéroport, petits bistros, salles d'attente, soirées privées, il n'était guère de lieux de passage où Samson ne pratiquât l'observation en solitaire comme un sport, étant entendu que cette activité relevait autant de l'exercice d'admiration que du jeu de massacre. Observer des comportements, en déduire des idées. La grande distraction de la devinette sociale était risquée mais excitante. Du temps où il fréquentait encore les grands hôtels de vacances avec Agathe, ils s'y adonnaient avec vice et délice, qui est qui, qui fait quoi, qui vient d'où, qui couche avec qui ?

En dépit de son empathie pour les Chemillé, il en détaillait chacun des membres avec d'autant plus d'esprit critique que son cynisme était muet et que nul n'en saurait rien. Volupté de l'assassinat. La gratuité de l'acte, et son inconséquence, ajoutent à la jouissance. Il suffisait de gratter. Pas le vernis, la patine. La méditation intérieure autorise tous les excès dans l'ordre de la cruauté.

Il s'était mis dans la peau de ces prêtres qui, au moment de lister les feux de leur paroisse, effectuaient un état des âmes. Sauf que lui l'avait fait stricto sensu à l'aide de son impitoyable scanner. Le décorum s'y prêtait. Tous ces personnages étaient comme de la peinture qui bouge, pas encore secs.

Cet homme debout derrière sa femme qui bavardait assise. Il lui massait les épaules avec une énergie telle que l'on ne savait si son geste exprimait une générosité teintée d'affection, ou le désir égoïste et nerveux d'occuper ses doigts.

Cette femme qui ne se serait pas séparée de son sac à main pour un empire, une cousine probablement. Il ignorait son nom mais son physique était si rebutant, si étranger à toute idée que même un esprit pervers pût se faire de la féminité, qu'il n'avait pas trop envie d'en savoir plus. Elle ne portait pas son âge, c'était plutôt l'inverse. Si elle avait des enfants, on avait dû les lui faire à son corps défendant. Au vrai, elle était tellement bestiale dans sa laideur qu'on avait envie de lui jeter un morceau de viande pour la faire s'écarter. Pour elle, ni généalogie, ni biographie, ni curriculum vitae. Un pedigree plutôt. Mais quand Samson s'approcha pour l'écouter parler, il fut séduit par le récit de son séjour à Florence, chose d'autant plus remarquable que cette seule évocation était déjà un lieu commun depuis qu'il était rituel de se rendre en Italie soigner ses ruines ; à la manière dont elle faisait une délicieuse *cosa mentale* d'un voyage à la portée de tous, on comprenait qu'elle avait dû y presser le jus des souvenirs de plusieurs générations éblouies par leur Grand Tour. Comme quoi une physionomie n'annonce pas toujours une âme. Le contraste entre la rugosité de ses traits et la délicatesse de ses propos fut encore plus saisissant quand elle lança la conversation sur le bien-fondé de l'expression « nature morte », ou plutôt son mal-fondé ; elle démontra alors non sans brio que le *still life* des Anglais était tellement plus agréable à l'ouïe et à l'intelligence, mais elle le fit avec tant de douceur que jamais elle ne parut cuistre. Tout ce qui sortait de sa bouche la réconciliait avec le genre humain dont son apparence l'avait éloignée.

Cet homme seul dans un coin. Même entouré il demeurait seul. La vie lui paraissait si incertaine qu'il devait commencer un repas par le dessert. Un jugement hâtif aurait pu laisser croire que lorsqu'il recevait un coup de pied au cul, il tendait l'autre joue. En réalité, Job aurait pu être son nom et son prénom tant l'identification s'imposait. Il redoutait. Quoi ? Rien ni personne en particulier, tout et tous en général. Mais il redoutait en permanence de manière intransitive, ce devait être l'état naturel de ce juste souffrant qui ne capitulerait pas face au désespoir. Pour l'heure, bien qu'un canapé assez moelleux figurât ici le tas de fumier, il se laissait envahir par l'accablement.

Ce couple près du piano. Ils avaient l'air de s'aimer jusqu'à l'égoïsme. Lui guettait son propre reflet dans le regard de sa femme. Elle devait consacrer l'essentiel de son temps à lui renvoyer une image enchanteresse de leurs personnes ; en cas de perquisition chez eux, ce n'est pas dans la cuisine qu'on trouverait ses empreintes digitales. Quand leur fille avait de mauvaises notes en français, elle devait certainement s'en remettre à un pédopsychiatre. Sûr que lorsqu'ils partaient pour les sports d'hiver, ils voyageaient en première classe et expédiaient leur progéniture en seconde. Pareil pour le choix des chalets. Aux parents luxe, calme et volupté. Aux enfants la basse catégorie. Plus Samson les regardait, plus il se félicitait d'avoir divorcé et de n'avoir jamais engendré.

Plus loin sur la gauche, cet homme très entouré, tout pour plaire, rien pour séduire. Entretient sa réputation de mondain défroqué depuis sa démission fracassante d'un club qui s'apprêtait à l'expulser. Une conversation faite plus pour éblouir que pour éclairer. Pas du genre à lever le doigt à table pour prendre la parole. Avec sa voix de bronze, on le devinait aussi prompt à compromettre ce qu'il aimait que ce qu'il détestait. Le menteur le plus sincère qui soit car le premier à croire à ses propres mensonges. Sa bouche, un bureau de tabac. Sa poignée de main, une poignée d'eau. À éviter.

Cette femme si sage et effacée dans le groupe près de la cheminée. Là sans être là. Songeuse comme celle qui a plus de regrets que de remords d'avoir vécu dans le péché. Devait se sentir plus seule en vivant auprès de son mari qu'en vivant seule. Il en faudrait peu pour qu'elle prenne feu à nouveau en dépit de sérieux avertissements ; il suffirait qu'elle croise un jour le regard d'un de ces hommes qui inquiètent la vertu en rassurant les vices. Quand elle sera, hélas, raisonnée, elle vivra dans la hâte de vieillir pour être enfin délivrée de la souffrance de l'amour. On voudrait lui crier que le désir n'est pas une fatalité. On peut s'épuiser dans la recherche du bonheur, et se perdre dans la quête de la légèreté. Son retrait actif du bavardage n'était pas mal interprété. Seuls les imbéciles ont réponse à tout. Rien n'est vulgaire comme d'avoir toujours le dernier mot sur tout. Sa présence silencieuse était un éloge du doute et de l'effleuré. Hâtons-nous de nous désencombrer l'esprit, c'est le message que semblait lui envoyer par la puissance muette de son regard l'un des convives, personnage discret, peu bavard, pur produit de l'éducation jésuite, entre restriction mentale et culte de l'implicite. Ce n'est pas parce qu'on se tait qu'on ne parle pas.

Les enfants Chemillé n'étaient pas en reste. Le respect leur faisait voussoyer leur parentèle aînée avec un tel naturel que cela n'aurait même pas surpris des oreilles bourgeoises. La charmante petite Pauline qui répondait par un éclat de rire et une pirouette à la grand-mère qui l'interrogeait sur sa situation à l'école, avant de la rassurer tout de même puis de s'étendre plutôt sur ses progrès à la danse. Henri, l'aîné, dont la silhouette disait assez qu'il ne devait pas mépriser le sport, si sûr de lui dans ses commentaires sur l'intérêt des analyses du Quai d'Orsay pour le tracé des pistes du rallye Paris-Dakar, lui dont la voie royale paraissait si balisée, et l'avenir si prévisible sans que l'on sût si cela le rassurait ou l'inquiétait, encore quelques mois au grand air à Pontoise — traduisez : chez les oratoriens de Saint-Martin-de-France —, puis Sciences po, l'Ena, la Carrière, à croire qu'il s'était juré de mettre ses pas très exactement dans ceux de son père à trente ans d'intervalle. Mais il avait l'illusion d'être plus moderne au seul motif qu'il envoyait un SMS de château à l'hôtesse au lendemain d'un dîner.

Tout le contraire de Sixte, lequel, en tennis, devait plutôt appartenir à la catégorie désespoir ; il demeurait perdu dans son monde de rêves. On sentait que, le cas échéant, ces adolescents n'auraient même pas eu besoin d'ouvrir des livres pour en connaître le contenu. Il leur aurait suffi d'ouvrir leurs yeux et leurs oreilles, l'imprégnation se serait faite d'elle-même. Pourtant il leur manquait quelque chose. À scruter les comportements, on comprenait que les parents et les enfants ne devaient pas beaucoup s'embrasser ni se toucher. Pas d'effusion, ça ne se fait pas ; pas de sentiments, c'est vulgaire ; de la pornographie sentimentale, en somme.

En voyageant l'air de rien d'une table à l'autre, d'un canapé à l'autre, Samson fut comblé dans sa passion du colloque. À croire que tous s'étaient ligués pour démentir le poète qui voulait y voir un aboli bibelot d'inanité sonore. Il sautillait des uns aux autres et captait des morceaux choisis de cette musique sociale comme s'il se déplaçait sur la modulation de fréquence : une soirée à Enghien vous n'y pensez pas ce serait trop dangereux pour nos voitures, au Quai on n'en pense pas moins de l'affaire D. mais vous savez à quoi vous en tenir avec le *on* et le *off*, au fond il y a deux sortes de peuples les fiers et les pieds-plats les Japonais et les Italiens ce qui simplifie la diplomatie, s'il n'y avait pas les femmes les matchs de tennis seraient irregardables, je me demande bien ce que notre chère Inès trouve à son Islande à part que c'est le pays où on lit le plus au monde, enfin une réception où l'on ne vous fait pas subir une musique de fond, vous ne connaissez pas la dernière de notre Sixte le sens caché de…

Au fond, le goût de la conversation considéré comme un art de vivre était peut-être ce que leurs ancêtres leur avaient légué de meilleur du siècle des Lumières. Un ruisseau dans le jardin à la française.

Josselin de Bonneville fit sa conquête sans forcer son talent bien qu'il fût ce soir-là tout enchifrené. À la ville, il était acousticien. Cela se devinait à la facilité avec laquelle il n'hésitait pas à truffer sa conversation de ti-la-li-la-li-lala, de boîîng boîîng et même de tadaaaam à la moindre occasion, là où d'autres auraient juste évoqué un bruit singulier. Lui ne pouvait s'empêcher de le matérialiser. Le métier l'avait passionné tant qu'il l'avait exercé en artisan, hanté par les voix dont il identifiait le grain avec la précision lyrique d'un goûteur d'eaux minérales ; mais du jour où il le fit en industriel, lorsqu'il se résolut à monter son propre bureau d'études, encouragé par de gros contrats avec aéroporcdepari, essehainecéhef ou airatépée sur l'intelligibilité de leurs messages sonores, il s'y consacra sans enthousiasme excessif ; il préféra alors réserver son énergie et ses journées de liberté au plus étrange des violons d'Ingres, au plus surprenant des passe-temps, au plus inattendu des hobbies. Son hygiène de vie. Ç'aurait pu être la littérature puisque, jusqu'à une période récente, la mort de Gavroche demeurait le plus grand chagrin de sa vie. Samson se prit au jeu, chercha pendant de longues minutes avant de rendre les armes, et pour cause ! car il n'avait encore jamais rencontré, en dehors de la sphère universitaire et du cas fort isolé de l'acteur Vittorio Gassman, d'individu qui consacrât ses loisirs à la traduction. Pour le pur plaisir de s'y complaire.

Comme Samson n'y était pas hermétique et que cela se sentait à la nature de ses questions, il fut entrepris sans tarder par Bonneville, lequel avait resserré la focale depuis quelques années uniquement sur Shakespeare, il est vrai un continent à lui seul. Pendant un long moment, il l'entretint de paronomase et de rhétorique dramatique, de polysémie et de rythme iambique, toutes choses certainement fondamentales, sauf que le chevauchement des images l'intriguait moins que l'ambiguïté des personnages. L'acousticien l'écoutait puis repartait dans son délire très maîtrisé, distinguant le concevable du recevable, comparant la version de Bonnefoy à celle de Déprats à travers toutes les nuances de l'expression *use of quittance* (reconnaissances financière et morale, intérêts et gratitude), rappelant qu'il avait fallu un siècle pour que les traducteurs français osent passer de « croupion » à « cul », ce qui témoignait pour le moins de l'évolution des sensibilités. La traduction étant également une affaire d'oreille, l'ingénieur en lui était doublement à son affaire avec la respiration propre à ces pièces et la plasticité sonore du théâtre élisabéthain, notamment pour ces farces monstrueuses qu'on appelle tragédies.

« C'est un texte physique, à prendre à bras le corps, mais on ne traduit pas un son, s'exaltait le shakespearien du dimanche. Vous avez lu *Timon d'Athènes*, monsieur Samson ? Oui, bien sûr. On y juge que le seigneur est fou quand il se laisse gouverner par ses humeurs, *"he's but a mad lord, and naught but humours sways him"*, en français d'aujourd'hui ça ne peut être qu'un parler rocailleux, va falloir travailler cela... »

On le sentait possédé par son sujet. Sa ferveur était communicative. Mais tout dans son discours rappelait cette triste réalité : on peut savoir l'anglais et ne rien entendre au shakespearien, ce qui était le cas de ses auditeurs, plus amusés que médusés. Ses mains s'agitaient à l'italienne, qu'il évoquât la reconstruction du mythique Globe, la diction subtilement musicale de Sir John Gielgud dans *Richard II* ou Stratford-upon-Avon saisi par le marketing. Il était du genre à décrypter les *Sonnets* dans l'autobus comme d'autres y noircissent des grilles de mots croisés. Les traducteurs sont des traîtres attitrés. Mais aux yeux de Samson, ce type de passionné était plus proche de l'intellectuel selon son vœu que la plupart des bateleurs de la scène médiatique, malgré l'intrusion intempestive de ses ta-da-da-tam s'agissant de Hamlet.

« Regardez autour de vous, monsieur Samson, lui dit-il à mi-voix en l'emmenant par le bras, regardez et écoutez, nous marchons dans l'acte II de la scène I de *Timon d'Athènes*... Ça, la vie ? juste une jolie contrefaçon de la vie... cet homme là-bas, un flatteur au visage en miroir... et ce prétendu ami qui comme les autres fermera sa porte au soleil déclinant... »

N'eût été son rapt par son épouse désireuse de lui faire saluer une tante antiquaire (une vraie, bien de leur monde à eux, et non une folle portée sur l'univers de la curiosité), il aurait volontiers passé la nuit dans la compagnie de ses fantômes.

« Alfred en pleine action ! Attention, monsieur Samson, il est contagieux ! s'immisça la maîtresse de maison, qui passait par là. Je sais, il s'appelle Josselin, mais pour moi, il est Alfred à cause d'Alfred le Grand, le roi traducteur, et savez-vous quel pays a eu tout récemment une traductrice à sa tête ?

— L'Islande, répondit Samson sur le ton de l'évidence.

— Ah, vous le saviez », fit-elle d'un air aussi déçu qu'admiratif.

Alors du brouhaha formé par cette émeute de sons surgit un discours tenu en anglais sans que nul n'en fût surpris, comme si l'on se trouvait dans un salon de Belgravia, « *Shakespeare is greater than I but I stand on his shoulders* », fameuse citation situant le grand Bill moins haut que soi dès lors que l'on se juche sur ses épaules. Un homme l'évoquait effectivement dans leur dos en écho à ce qui venait d'être dit mais il le faisait avec des intonations qui n'avaient pu être policées qu'à Oxbridge, sa mise fleurait bon les meilleurs faiseurs de Savile Row avec juste ce qu'il faut de délicieusement usé, chaque détail était discrètement étudié, à commencer par la composition de la cravate à pois discrets sur fond bordeaux, le diamètre desdits pois blancs ne devant en aucun cas dépasser deux millimètres et la distance entre chacun d'entre eux ne devant en aucun cas excéder un centimètre, au vrai sa distinction était à elle seule un concentré d'esprit de litote, aussi Samson se permit-il de l'interrompre :

« Vous êtes anglais, monsieur ?

— Non, au contraire. »

La réponse le désarçonna tant et si bien qu'il profita du passage d'un maître d'hôtel pour s'échapper en douceur, d'autant qu'une dame s'en mêla, voulant absolument manifester sa fausse qualité de polyglotte, ce qui ne manqua pas d'agacer Samson, car il est peut-être remarquable de parler plusieurs langues, mais pas en même temps.

Dans sa course lente, il effleura un personnage dont l'allure de parvenu et la mine assortie ne lui disait rien de bon, tout d'un emparticulé, de la graine d'infiltré, un infréquentable ; il y a comme ça des gens qui, longtemps après la Révolution, ont conservé des têtes d'acquéreurs de biens nationaux ; aussi passa-t-il son chemin car il ne se voyait vraiment pas engager quoi que ce fût avec lui, le laissant se plonger dans l'abîme universel de soi.

Le revers de la main posé sur la hanche dans une attitude d'une sensualité inouïe qui ne réussit qu'aux femmes qui ne le font pas exprès, Inès de Chemillé écoutait une dame lui parler de ses bobos, mais elle le faisait si distraitement que Samson s'autorisa à lui glisser un mot en passant à propos de l'Islande, tout près de l'oreille droite. Elle ne cilla pas ; il recommença mais, comme cela ne provoquait pas la moindre réaction, il n'insista pas. Samson ne resta pas longtemps seul.

Il y eut d'abord un gentilhomme de vieille roche, cet oncle hors d'âge, monarchiste de cœur à toute épreuve, nostalgique de légitimités éteintes, lui aurait-on parlé d'un match de football

Autriche-Hongrie il aurait demandé contre qui, impossible de s'en dépêtrer, un généalogiste quelle aubaine ! enfin quelqu'un qui s'y entende en lignage de noblesse militaire utérine, quelle horrible expression quand on y songe mais on s'y est fait, alors que noblesse immémoriale est en soi si poétique, cela dit nul ne devrait se pousser du col, avant le XIe siècle les Montmorency s'appelaient Bouchart comme tout le monde, alors restons nous-mêmes mais dans la discrétion, pas assez pour se fondre mais suffisamment pour se distinguer, c'est ce que j'ai toujours dit à mes enfants. En voilà un qui devait regretter les jours bénis de sa jeunesse où un homme bien né pouvait venger son honneur sans avoir de comptes à rendre. Dans son univers intérieur, les seules lois qui vaillent étaient non écrites car transmises depuis des temps immémoriaux et valables jusqu'à la consommation des siècles.

Une jeune femme assez ronde et malicieuse vint heureusement troubler ce colloque d'aristologues qui menaçait de s'enliser dans l'art et la manière de déchiffrer une maintenue de noblesse. Mathilde, ainsi qu'elle se présenta, l'avait repéré. Elle emmena Samson en le prenant doucement par le bras. Dès ses premiers mots il apprit qu'elle était issue d'un père délicat et d'une mère rigide. À son attitude et à son débit, il comprit déjà qu'elle était du genre à ne jamais rater une occasion de rater une occasion, juste assez snob pour boire du vin chilien dans un verre à dents, ce qui n'était pas pour lui déplaire.

« Qu'en pensez-vous ? lui demanda-t-elle à brûle-pourpoint.

— De quoi au juste ?

— Ce que vous voulez. Vous ne trouvez pas que les Saintes Écritures élèvent l'homme, mais dans le sens du progrès social ou... C'est terrible, je n'ai rien à dire, mais j'ai un tel besoin de communiquer, alors n'importe quoi avec n'importe qui, je ne parle pas pour vous, bien sûr...

— Bien sûr ! fit-il en affectant un air enjoué.

— Tant de gens me sont indifférents que c'est un problème, mais comment le leur dire ?

— Vous avez raison, à quoi bon éprouver un sentiment aussi puissant si on ne peut le signifier aux intéressés ? On devrait lancer une nouvelle rubrique dans le « Carnet du jour » du *Figaro*, on l'appellerait « Indifférence » et monsieur Untel y ferait savoir que l'existence de monsieur Untel lui est complètement indifférente...

— Je vais vous paraître un peu directe, cher monsieur, mais vous aimez l'amour ?

— Certainement mais c'est plus compliqué que cela, fit-il pour se débarrasser.

— Ah... Homosexuel ?

— Croyant mais pas pratiquant.

— Hétérosexuel, alors ?

— Pratiquant mais pas croyant.

— En effet, c'est un peu compliqué pour moi mais, reprit-elle en regardant fixement son annulaire depuis peu vierge de toute alliance, comment osez-vous me faire la cour alors que vous n'êtes même pas marié ?

— Euh… Votre question méritant mûre réflexion, je vous répondrai dans un siècle ou deux. »

La conversation prenant un tour étrange, il jugea l'instant propice pour s'éloigner à la recherche d'une bouteille de vin qu'il ne convoitait pas vraiment, ne fût-ce que pour mettre un peu de distance entre la nymphomane de gauche et lui. Nul besoin de rechercher mentalement dans le tableau généalogique des Chemillé pour l'identifier, le degré de sa parenté importait peu ; il avait toujours eu le chic pour retirer à temps sa main de situations qui n'annonçaient rien de bon. Il y a des gens à qui il ne faut *jamais* demander comment ça va, car la réponse risque d'être longue et douloureuse. Samson sentait les êtres assoiffés de douleurs, leur cortège de névroses, les ennuis à venir. Mais il flairait le contraire aussi bien. Ainsi le bellâtre accoudé à la cheminée dans une pose avantageuse.

Un financier d'une quarantaine d'années un peu mèche. Lui ne laissait rien présager de tel. Plutôt la menace d'être courtoisement envahi par le néant. En un sens, c'était pire car les fêlés offrent au moins l'attrait des marginaux, tandis que celui-ci paraissait simplement entretenir d'excellentes relations avec lui-même. Tout en remplissant son verre de gin, un invité compatissant, ayant remarqué où se portait l'attention de Samson, lui glissa en passant :

« C'est un con, et je le dis au sens péjoratif du terme… »

Aussi grand que haut, bien fait, des traits fins

mais virils, un sourire entretenu, une belle chevelure savamment organisée, une allure qui ne pouvait laisser l'œil indifférent, moins de la séduction qu'une vraie puissance d'attraction. Il avait dû entendre quelque part que le dandy était celui qui faisait de sa vie une œuvre d'art, et il s'y appliquait sans renoncer à être parfaitement moderne. Tout en lui était du dernier modèle, même lui. Turbo modèle luxe. Beau, disait-on et tout était dit. Quatre lettres pouvaient donc suffire à résumer le mystère d'un homme sans mystère. Car de prime abord, sa présence en imposait à tous, toutes mœurs confondues. Sauf que son regard reflétait le vide, ce que son discours confirmait. À trop le dévisager on pouvait se convaincre que quelque chose s'était perdu entre l'hémisphère gauche et l'hémisphère droit. Un être désespérément normal et transparent. Son extrême souci de soi le trahissait. Impeccablement vêtu, il ne laissait rien au hasard, rien qui pût le laisser prendre en défaut sur ce chapitre, alors que la vie est dans le défaut. Pour être aussi affecté à l'extérieur, il devait être sérieusement désaffecté à l'intérieur. Tout dans son apparence manifestait un prix, une marque, une notoriété. Au poignet gauche la montre qu'il fallait, au poignet droit le mince bracelet en poils de cul d'éléphant qu'il fallait, on n'osait imaginer ce qu'il portait autour du cou. Une telle accumulation de signes acculait à l'insignifiance. Le seul qui lui fît cruellement défaut éclatait chez presque tous les autres commensaux, une chevalière aux armes de la famille gravées par les soins de la maison Agry. Nonobstant ce détail, il avait trop de trop. Les Chemillé n'étaient pas comme ça. Vérification faite, une pièce rapportée. Bon sang ne saurait mentir.

Du pur délire… C'est ce que François-Marie Samson se murmurait en son for intérieur quand la passion de l'observation lui montait à la tête. En secret il pouvait tuer un monde fou, mais dans la vie extérieure il n'était pas si méchant. Ce soir-là par exemple, il n'y avait personne à qui il aurait souhaité un bon anniversaire à condition que ce fût le dernier. Il savait aussi contempler une assemblée de notables comme on feuillette un album des solitudes.

Une silhouette près du buffet l'intrigua. Il s'en approcha et, encouragé par son sourire, reconnut la jeune femme qu'il avait maladroitement importunée à la station Montparnasse. Comment aurait-il pu imaginer que parmi ces personnes de qualité il y en avait pour s'être «fait serrer» par leur banquier le matin même?

«C'est bien vous? Je ne vous reconnaissais pas sans votre béret noir… Je suis confus pour tout à l'heure, je…

— Je vous en prie, fit-elle, je m'en suis voulu de ma réaction, d'autant qu'avec mon banquier je finis toujours par m'arranger… Le monsieur très sérieux là-bas, qui en impose, comme on dit, c'est lui, ma banque, le père d'Inès… C'est donc à vous que notre oncle a confié le soin d'édifier cet arbre splendide, monsieur Samesonne?

— Samson, mademoiselle, insista-t-il. Vous n'avez jamais assisté à un concert de Samesonne François, n'est-ce pas ? Eh bien moi, c'est pareil.

— Pardon. Je suis sûre que ça n'est pas un nom de mauvais renom, mais ça vient d'où ?

— Je l'ignore.

— Comment ! vous n'en avez pas la curiosité, vous, l'archéologue des familles ? Mais la vôtre, d'où est-elle ?

— Des Parisiens probablement, même si l'on sait bien que ça n'existe presque plus. Au-delà de mes grands-parents, que j'ai à peine connus, je n'y ai pas été voir.

— Incroyable ! dit-elle. Comme si la passion des origines d'autrui vous avait dispensé de vous pencher sur les vôtres.

— C'est pratique, on est débarrassé de toute nostalgie. Pour celui qui ne sait pas d'où il vient, le mal du pays n'existe pas.

— Donc vous prononcez Samson ?

— Comme Dalila. Le plus simplement du monde. D'autres préfèrent le dire à l'américaine *Sam' son*, d'autres encore à l'allemande *Sam Sohn*, comme s'il s'agissait du fils d'un certain Sam, ou à la flamande *Samsœn*, ou à la bretonne *Samzun*, bref, tout ça à l'origine pour dire le soleil, dans la Bible, paraît-il…

François-Marie Samson n'avait d'autre mémoire familiale que celle de ses clients. À croire qu'ils étaient devenus sa famille. Il était né à Paris, voilà tout. Ce sont des choses qui arrivent.

Il abandonna volontiers la jeune femme à l'un

de ses beaux-frères pour étudier les mascottes de radiateurs d'automobiles amoureusement conservées dans une vitrine ; son œil exercé y repéra *The Spirit of Ecstasy*, icône aux effets de voile de Rolls-Royce, la non moins fameuse cigogne aux ailes abattues d'Hispano-Suiza, un pélican qu'il attribua sans hésitation à Packard, une touche d'espièglerie avec la cocotte en papier des Voisin, la palme de l'élégance revenant aux bouchons de verre satiné ou teinté que René Lalique signa dans les années vingt. Puis il se pencha plus longuement sur le contenu de la bibliothèque, seul vrai traître d'une maison, avant d'inspecter les photos disposées sur le couvercle du piano à queue. Le sentant dubitatif, une dame d'un certain âge se dévoua pour l'éclairer. Quand Samson découvrit qu'elle n'était autre que la mère d'Inès de Chemillé, il se mit à l'interroger le plus délicatement qui soit sur les origines de sa propre famille. Il s'attira aussitôt une repartie qui le cloua.

« Quel intérêt ? Aucun intérêt ! décréta-t-elle d'un ton sans appel qui dévoila soudainement la sécheresse de sa silhouette. Nous sommes la vieille France chrétienne depuis des générations, voilà notre milieu. Mais il faut vivre avec son temps : l'avenir, il n'y a que ça.

— Pourtant, le grand public plébiscite la généalogie…

— Et alors ? Il est bien le seul…

— Mais l'Histoire…

— Pfffft ! L'Histoire, ce sont les vainqueurs qui l'écrivent, vous n'êtes pas assez naïf pour l'ignorer.

Laissez donc les morts enterrer les morts, Dieu y reconnaîtra les miens. »

Et elle lui tourna le dos, le laissant coi, ce qu'une nièce lui fit remarquer aussitôt, avant de se faire remettre elle-même à sa place, ma petite, si quand on est vieille on ne peut pas être méchante que nous reste-t-il ? Merci, madame, très heureux, soyez assuré de mon ingratitude. Au fond, la personne qui l'impressionnait le plus était peut-être l'une des rares dont il n'avait même pas entendu la voix.

Invisible sans cesser d'appartenir à la société des vivants, il vivait dans l'angle mort du monde et semblait s'en réjouir. Cet homme portait son grand âge avec une élégance surannée qui ajoutait à son charme. Semblable au décorum, il n'était pas vieux mais patiné, et se tenait à l'écart, confortablement retranché dans une méditation amusée que nul n'aurait osé troubler. Tout dans son détachement disait qu'il avait atteint cette forme de sagesse où l'on se sent de moins en moins honoré d'être assis à la droite de la maîtresse de maison. Aussi serein qu'apaisé, il tirait en cadence sur son cigare tout en gonflant ses joues à la manière d'un trompettiste de manière à expirer la fumée avec une lenteur calculée. L'observation silencieuse de cette réunion familiale suscitait de temps en temps ses discrets sourires. Bien qu'un guépard ne figurât pas sur les armes des Chemillé, il y avait en lui quelque chose du prince Salina posant son regard désenchanté sur une volière de comtesses en marge du grand bal et constatant que, décidément, la fréquence des mariages entre cousins ne favorisait pas la beauté de la race. On n'est peut-être pas responsable de ses ancêtres mais nos ancêtres le sont de nous.

Samson jugea alors qu'il était temps de pousser à leur tour ses hôtes sur sa table de dissection.

Ni guindé ni déjanté, le couple Chemillé incarnait la mesure. Ensemble ou séparément, ils n'en avaient pas moins une allure folle. Encore un an ou deux et elle pourrait dire qu'elle avait vécu plus longtemps avec son mari qu'auprès de ses parents — il paraît que pour une femme c'est une étape, certaines ne s'en remettent pas et en tirent des conclusions définitives. Ce qu'il savait d'eux, il l'avait appris autant en marge de son enquête que par son indiscrétion d'un soir.

Lui, Tánneguy, cinquante et un ans depuis peu, ou cinq siècles et des poussières, c'est selon, désormais le chef de famille ; l'esprit de cette réunion, dans son prétexte même, n'était pas étranger à sa nouvelle responsabilité deux ans après le décès de son père. Diplomate de carrière, Européen convaincu, républicain de raison et plus si nécessaire, royaliste par gratitude mais pas davantage, catholique résolu bien dans son temps et dans sa foi, fier de sa naissance à la campagne pour ne pas dire au château et de son attachement à la terre autant qu'à ses terres, une culture plus vaste et plus éclectique que sa formation ne l'annonçait, une pratique suffisamment éprouvée des principales langues du vieux continent pour se désoler que le monde civilisé ne parlât plus le français comme jadis, une allure qu'on n'oubliait pas facilement, un charme fou, le vrai. Difficile de résister à un tel personnage, d'ailleurs nul ne semblait y songer tant son empire sur l'ensemble de sa grande famille paraissait établi.

Tanneguy de Chemillé avait une haute notion du rôle qui devait être le sien. Grand serviteur de l'État. En ce temps-là en France, ça se disait encore, l'idée n'ayant pas été vidée de sa substance par les affaires qui allaient éclabousser la haute fonction publique. Il servait l'État, la République, le pouvoir, le régime. En fait, il servait de manière intransitive car sa vraie fidélité se situait bien au-delà. Ses amis disaient que dans ses vieux jours, il se souviendrait avoir vécu et servi non sous le règne de tel ou tel président, mais sous le pontificat de Jean-Paul II.

Le Quai était son autre maison. Il n'avait pas attendu que les Affaires étrangères retrouvent leur lustre d'antan pour s'y dévouer. La réputation de grand travailleur qu'il y avait acquise contrastait avec le dilettantisme généralement prêté aux hommes de sa condition. Comme s'il se refusait à abandonner le mérite aux seules vertus bourgeoises. Négociateur hors pair inépuisé par les séances marathons, il avait souvent été vu à l'œuvre dans les dossiers les plus délicats. Même ses télégrammes avaient maintes fois été loués pour leur qualité littéraire, en un temps où le ministre pestait volontiers contre une détestable tendance relevée dans les synthèses émanant de nombreux postes, le relâchement du style, la capitulation devant le jargon et la résignation à un anglais d'aéroport.

Le Quai d'Orsay, il y avait fait toute sa carrière, gravissant tous les échelons, secrétaire aux Affaires étrangères, conseiller, ministre plénipotentiaire. Ses séjours dans des postes tels que Bangkok, Vientiane et Djakarta avaient compté quelques années auparavant lors de sa nomination au poste envié de directeur du département Asie-Océanie. Au moins autant que ses relations de toujours dans le lobby des bonnes familles, l'un de ces groupes de pression qui, avec les réseaux franc-maçon et homosexuel et, dans une moindre mesure, protestant, expliquaient tant de promotions au sein de cette administration ; elle demeurait un conservatoire de haines tenaces, peut-être plus que dans d'autres grands corps de l'État, en raison du prestige et de la mythologie particuliers qui lui étaient attachés, et d'un enjeu de pouvoir qui pouvait pousser certains à la folie. Tanneguy de Chemillé, qui l'évoquait en riant tant les hochets de vanité lui paraissaient dérisoires, appelait cette tendance le « syndrome du gyrophare » car il en avait vu, de minuscules éminences parisiennes, gonflées d'importance au point d'échapper à la logique du commun, et de se croire au-dessus des lois, dès lors qu'on collait une lumière bleue munie d'une sirène hurlante sur le capot de leur voiture de fonction, et qu'on leur donnait une escorte de deux motards pour sauter à temps dans un avion ministériel à Roissy. Lui n'avait pas besoin de ça mais d'autre chose. Être le premier Français ailleurs qu'en France. Être le numéro un, obsession numéro un. Tant qu'il y échouerait, il serait hanté par le spectre de l'inaccomplissement. Toujours douter de soi, dernier luxe de l'homme achevé. Comme il n'avait pas été trop rapide dans son ascension et qu'il ne la devait pas qu'à sa naissance, il se faisait respecter. Cela n'empêchait pas les coups tordus, les ennemis politiques et l'hostilité des clans. La fonction métamorphose l'individu. Représenter le président de la République et le gouvernement français à l'étranger, vivre dans un cadre royal où l'on reçoit parfois ceux qui ont le pouvoir de bousculer l'Histoire, il en est à qui cela monte à la tête. Il avait hâte désormais de s'éloigner du Département pour enfin se faire nommer ambassadeur. Quitter la Centrale non pour Oulan-Bator mais pour l'un de ces postes européens très convoités en raison de la qualité de leur résidence, que ce fût à Rome, à Prague ou à Lisbonne. C'était le moment à tous points de vue, rien ne devait plus s'y opposer, le dossier était sur le bureau du ministre, une question de jours et la rumeur lui était très favorable tant du côté du Quai que de l'Élysée.

Inès de Chemillé s'y préparait. Ce ne serait pas facile, non seulement à cause de la scolarité de Pauline. Dans un premier temps, elle n'envisageait pas cet exil autrement qu'interrompu par de nombreux allers et retours, manière de signifier à son époux que le choix de l'Italie serait définitivement plus judicieux que celui de la Mongolie extérieure, qu'à défaut du palais Farnèse les palais Bucquoy ou Santos feraient aussi bien l'affaire, et qu'en cas de surprise désagréable il devrait revoir le calendrier de ses ambitions. Quand on disait qu'ils allaient parfaitement ensemble, il fallait aussi comprendre qu'un homme doté d'une telle personnalité ne se serait de toute façon jamais accommodé d'une femme aux vertus passives.

Elle menait sa propre carrière, loin de la Carrière mais sous le même nom que son mari. Par principe et par éducation plus que par calcul ou intérêt car dans son milieu professionnel il importait peu qu'on la connût comme Inès de Chemillé ou comme Inès Créanges de Vantoux. Autant cela avait pu compter durant ses jeunes années à Notre-Dame-de-Sion, autant ses études à HEC l'avaient très vite affranchie sur la manière dont ses condisciples pouvaient juger les « aristos » sans faire dans le détail. Le plus souvent, à leurs yeux, la particule suffisait à dominer la plèbe alors qu'elle ne signifiait rien. Tout le monde n'a pas la chance de porter un nom plaque émaillée, Poulain ou Potin. Il fallait vraiment « en être » pour accorder une quelconque importance aux nuances, se gausser de porter un nom de terre pour seul patronyme, ou distinguer la noblesse d'Ancien Régime des noblesses d'Empire, étrangère ou pontificale. Au bureau, cela ne posait pas plus de problème.

Le bureau, justement. Il eût été inconvenant de parler de ces choses-là dans une soirée privée, si familiale de surcroît. Mais Samson aurait voulu en savoir plus sur le sien. Aussi ne s'était-il pas fait prier lorsque, au cours de la soirée, Tanneguy de Chemillé lui avait discrètement suggéré de laisser partir tous les invités afin qu'ils pussent faire connaissance dans le boudoir aménagé dans un coin du salon enfin rendu à sa sérénité. Le temps de les raccompagner, cher cousin, vous êtes un seigneur, vous nous avez somptueusement traités, à demain au cercle, et cette idée de réunir la famille autour de son passé glorieux, absolument divin, c'est cela, à dimanche...

Une conversation sous la lampe, juste tous les trois, il n'aurait même pas osé y penser. Ce monde ne lui était pas assez familier pour comprendre qu'un Tanneguy, comte de Chemillé, éprouverait toujours plus d'attirance et de sympathie pour celui qui resterait lui-même quel que fût son rang, plutôt que pour un faux qui s'évertuerait à paraître son semblable, voire son égal. Après que les deux hommes eurent échangé leurs impressions sur les échos que la curiosité généalogique pouvait réveiller auprès des jeunes générations, leur dialogue glissa rapidement vers la rareté des pièces réunies par le comte dans sa collection de bouchons d'automobiles. Avec des mines d'initiés, ils discutèrent les détails d'une *Victoire* de 1928 au profil androgyne puis de la posture de l'éléphant figurant sur la Bugatti Royale et, après qu'ils eurent pris de la hauteur, de la communauté d'esprit entre les figures de proue de la marine à voile et ces fières mascottes de radiateur. Mais deux labradors vinrent solliciter leur maître avec tant d'insistance qu'il dut s'absenter un instant pour les sortir.

Inès de Chemillé le remplaça aussitôt. Curieusement, elle demanda à Samson de changer de place. Juste de glisser de l'extrémité gauche à l'extrémité droite du canapé sur lequel il était installé. Morte, je suis ! fit-elle en se laissant choir dans le moelleux des coussins de velours écru. Vous permettez et, sans attendre de réponse, de ses doigts longs et fins si légèrement parés, elle retira ses chaussures. Alors, dans une attitude d'une tendresse qui en aurait déstabilisé plus d'un, elle ramena ses genoux en position fœtale, et se massa doucement les pieds. Les arabesques du tapis au bas du canapé formaient le plus naturel des écrins pour ses longues jambes sculptées par un artiste inspiré. Il l'imaginait dans cette attitude le soir quand chacun vaquait à ses occupations, les jambes nouées, un livre entre les mains, l'un de ces romans à couverture crème traînant sous la table basse entre d'épais catalogues d'expositions, l'un de ces bouquins dont tout le monde parle mais qui n'en valent pas la peine, tel qu'on est en y entrant on est en le quittant, à quoi bon une histoire qui nous laisse tel quel, exactement comme ces films du samedi soir qu'on a oubliés dès le dimanche matin, alors que pour une telle lectrice un bon livre ne pouvait être qu'un de ces livres qui vous donnent l'impression d'avoir été écrits juste pour vous.

Cette femme a dû être touchée par la grâce pour avoir autant de grâce en elle, c'est ce qu'il se disait sans parvenir à rien articuler qui reflétât son sentiment. À croire qu'elle s'était juré de démentir l'adage selon lequel un intérieur réussi incite aux bonnes manières et à l'abstinence. Une telle réunion de qualités en une seule et même personne désespérait le commentaire. Elle semblait jouir de cette volupté animale. Se pétrir les pieds, ça ne se fait pas en public et moins encore devant un étranger, mais vous ne m'en voudrez pas, n'est-ce pas, et puis ça n'en est que meilleur, c'est ce qu'elle murmura en soutenant intensément son regard. Pendant plusieurs minutes, aucun mot ne fut prononcé, et l'acuité de l'instant en décuplait la durée. Mais la lueur au fond de leurs yeux en disait tant qu'il n'y tint plus.

« Pardonnez-moi, mais vous me troublez, osa-t-il du bout des lèvres.

— Je vous en prie… »

Le ton se voulait ferme mais autorisait tous les espoirs, il en était convaincu, une femme d'un tel éclat n'avait même pas besoin de remettre un homme à sa place, il suffisait de cette touche imperceptible aux brutes nombreuses en société, ce presque-rien qui révélait en un instant que cette femme-là fanait toutes celles qui l'avaient précédée. Il avait peut-être manqué de tact mais elle avait laissé s'affirmer la suprématie du cœur sur l'étiquette, ce qui allait loin quand on songe qu'en droit anglais adultère se dit encore *criminal conversation*. Il ignorait encore l'état de son âme mais devinait son état d'âme. Tant pis pour la confusion des rangs.

Plus il se laissait envoûter, plus sa voix intérieure lui intimait de se ressaisir, qu'as-tu donc ce soir, qu'est-ce qui te prend d'idéaliser ainsi cette compagnie de dinosaures, ils ont fait de toi un serf le temps d'une soirée, reviens sous terre parmi le peuple du métropolitain, tu n'as rien de commun avec ces dégénérés à particule, on va bientôt les empailler et les exposer de l'autre côté du fleuve, au musée des Arts premiers, ils sont le monde d'hier, ils resteront le monde d'avant, et ce ridicule des patronymes à rallonges et courants d'air, tu ne vois pas qu'ils déploient leur mémoire comme un argumentaire, ils ne sont plus rien dans notre société, à peine trois mille cinq cents familles, ils n'existent que par leur puissance symbolique et mythique, fuis ce château féodal suspendu en plein Paris, traverse le pont et rejoins tes fantômes, pas ceux des autres, ne te trompe pas de fidélité, il faut connaître les limites de son territoire, Samson, tu as juste exécuté une commande facturée au prix fort, un client n'est pas un ami, souviens-t'en…

L'humanité mondaine, Samson l'avait toujours divisée en deux catégories : ceux qu'on voit debout et ceux qu'on voit assis, les cocktaileurs et les dîneurs, des personnes avec qui on pouvait échanger des phrases pendant des années sans jamais partager une même table, et les autres. Il lui fallait désormais envisager une troisième catégorie, inédite et mystérieuse. Ni debout ni assise, alanguie.

On entendait les chiens japper dans l'escalier. Juste assez pour interrompre le soliloque. Quand elle le raccompagna, elle le précéda sur le seuil et se tint sur le palier dans l'attitude naturelle qui devait être la sienne sur le perron du château. Sauf qu'elle conservait ses chaussures à la main avec une nonchalance désarmante. Le geste était si inattendu qu'au moment de sortir, dans sa confusion, il s'essuya les pieds sur le paillasson, déclenchant en elle un fou rire qui ajouta encore à sa grâce.

François-Marie Samson ne devait jamais revoir les Chemillé, en principe.

3

… en principe, mais Somerset Môme ayant écrit quelque part qu'on peut toujours sacrifier un principe à une opportunité, il ne restait plus qu'à l'espérer sans trop la guetter.

Il reprit ses rendez-vous avec le si compréhensif directeur du Trésor, retrouva le harcèlement téléphonique, épistolaire et permanent d'Agathe qui s'était juré de consacrer l'essentiel de son énergie de future divorcée à lui empoisonner l'existence par tous les moyens légaux et illégaux recensés par le code de la haine, réintégra le métro rescapé de cette nuit d'horreur, sa chère ligne 6 Nation-Charles-de-Gaulle - Étoile, ses habitués et leurs petites habitudes. Ceux qui s'asseyaient systématiquement près de la porte, ceux qui se seraient battus pour une place sur la banquette à côté de la fenêtre, ceux qui n'auraient jamais envie de s'asseoir, et parmi eux celles qui recouvraient systématiquement la couverture de leur livre afin que nul ne viole leur conscience, cher petit peuple fraternel du souterrain aux carreaux de faïence qui le menait chaque jour à son bureau.

Il retrouva son monde après avoir failli le perdre le temps d'un trajet et l'avoir trahi l'espace d'une soirée.

Dès le lendemain, il renoua avec l'imprévu d'un cabinet indépendant, le sien, qu'il refusait de spécialiser en dépit d'un marché que certains disaient prometteur. François-Marie Samson se voulait tout à la fois généalogiste familial et généalogiste successoral. Ça ne se fait pas, on l'avait prévenu, mais peu lui chalait. Il avait la curiosité des ancêtres aussi bien que le goût des héritiers. La même profession mais pas le même métier ? Objection balayée d'un revers de main : quand on cherche, on cherche, que ce soit en amont ou en aval. Alors il cherchait passionnément, le romantisme de la recherche dût-il souvent s'encombrer de bureaucratie.

Répondre au questionnaire d'un laboratoire de démographie historique. Ne pas oublier les précisions demandées par un centre d'études et de recherches sur le patrimoine. Rassurer un client sur la nature agnatique de sa généalogie, mais non ce n'est pas une maladie honteuse, ça signifie juste en ligne directe de père en fils. Enquêter dans le Pas-de-Calais sur un cousinage au sixième degré dans la perspective d'un héritage. Ne pas oublier de relancer le dossier Dunois en demandant les actes de décès au Cercle généalogique historique et héraldique de la Marche et du Limousin. Recontacter l'étude de notaire qui lui a proposé un contrat délicat dans une affaire de succession dans laquelle l'identité de certains parents paraît douteuse. Et même, pourquoi pas, prêter main forte à la «Descendance capétienne» dans son recensement des soixante quinze mille descendants d'Hugues Capet sans doublons ni branches éteintes! Mais surtout ne jamais guetter l'expression de la moindre gratitude. Quand on n'attend rien, on n'est jamais déçu, pas seulement pour soi mais pour le genre humain. Cette année-là en France, une dizaine de milliers de personnes étaient mortes sans héritier connu et sans laisser de testament. Or il savait d'expérience que lorsque son cabinet retrouvait des heureux élus et leur apprenait la bonne nouvelle, ils encaissaient et, la plupart du temps, ne demandaient même pas l'adresse du cimetière.

Un peu bizarre tout de même, mais tellement plus excitant que les activités qui s'offraient à lui à l'issue de ses études de droit. En vérité, rien ne s'était offert, il lui avait fallu trouver seul son chemin et conquérir la place à coups de machette.

On n'ose pas choisir le silence, c'est inconvenant. On n'ose pas se dire fatigué, c'est incongru. Pourtant, ces derniers temps, il osait préférer sa solitude à tout le reste. Non pas la plus orgueilleuse des solitudes ni la plus désenchantée, mais celle qui se savoure les premiers temps après des années de vie à deux. Avec le plaisir aristocratique de dire non à tous au motif que l'on est fatigué, simplement fatigué mais sans la honte qui y est assortie.

Deux semaines s'étaient écoulées à ce train quand un matin son assistante lui passa l'appel d'une assistante qui lui passa Tanneguy de Chemillé. En saisissant le combiné, il se précipita sur *Le Figaro* du jour à la page de l'agenda, juste le temps de vérifier si la nouvelle de sa nomination était annoncée, mais non, toujours pas. Le ton était on ne peut plus cordial. Son client lui paraissait aussi proche que s'ils s'étaient quittés la veille à la sortie du cinéma :

« C'est pour Inès mais elle n'en sait rien, une surprise. L'arbre de sa famille à l'occasion de l'anniversaire de mariage de ses parents. Pas mal, non ?

— Si je me souviens bien, osa Samson, votre belle-mère n'est pas très…

— Ne vous inquiétez pas, c'est dans son caractère, son côté vieille dame très digne, pas méchante, juste un peu cruelle, parfois… De toute façon, nul ne doit rien en savoir. Personne. Attention, je compte sur vous, discrétion absolue ?

— Naturellement.

— Absolue, et ce n'est pas une clause de style.

— J'ai compris. »

Cordiale et même amicale, l'intonation de son client. Mais avec quelque chose d'inquiétant dans le tremblé de la voix. Un faux-semblant probablement. Un contrat identique au précédent fut aussitôt préparé et, par précaution, envoyé par porteur au bureau de Chemillé. Ils n'étaient pas si nombreux à ne jamais discuter le montant de ses honoraires. François-Marie Samson plaça le dossier parmi ses priorités du mois, bien qu'il ne revêtît pas l'importance d'affaires plus sensibles, des enquêtes dont l'enjeu économique le dépassait. Peut-être espérait-il confusément que celle-ci lui ferait revoir cette femme à peine entrevue mais si désirée, bien qu'elle ne dût rien savoir de sa recherche.

Il lança ses filets dans plusieurs directions. Les Créanges de Vantoux n'étaient pas une famille très connue. Leur nom semblait peu répandu. Le Bottin mondain, « le livre » comme ils disaient, se révéla peu bavard. Et en l'absence d'un mandat officiel de l'intéressée, l'accès à un certain nombre d'archives lui serait refusé. Il faudrait ruser. Différentes pistes furent explorées dans la région d'Avignon et en Alsace. Comme toute recherche généalogique, celle-ci ne consistait pas seulement à rassembler des patronymes et des dates. L'écume de l'enquête devait inévitablement le renseigner aussi bien sur l'histoire de la famille que sur les histoires de famille.

Le hasard aussi.

Comme chaque matin lorsqu'il dévalait l'escalier de son immeuble, il s'arrêta au deuxième étage. Un petit guéridon qui fut chinois trônait sur le palier de M. Rubens. Ce privilège exorbitant avait été concédé à l'issue d'une réunion houleuse par la copropriété au vieux médecin de l'âme, encore assez excentrique pour se dire aliéniste retiré de la circulation plutôt que psychiatre retraité, en raison de son ancienneté dans les lieux, en souvenir des services rendus dans le voisinage et surtout en considération de ses rhumatismes. Puisqu'il ne pouvait se baisser deux fois par jour pour ramasser son courrier sur le paillasson, le courrier s'élèverait jusqu'à ses mains tordues par l'arthrose. La présence d'un meuble dans le passage incitait-il au confort et à l'agrément ? Toujours est-il que depuis son installation François-Marie Samson avait pris l'habitude d'y faire une halte, de décacheter délicatement *Toubib News* et de consacrer quelques minutes à parcourir les nouvelles médicales du monde. Parfois, quand un article l'intriguait, il s'asseyait sur une marche et le lisait jusqu'au bout avant de tout remettre en place.

Ce fut le cas ce matin-là. Quelques mots avaient jailli de sa lecture en diagonale : généalogie, génétique, Islande… Le dossier ne lui était pas inconnu, une association l'avait fait travailler là-dessus jadis, un combat perdu d'avance dans son souvenir. Une conférence de presse était annoncée pour le lendemain par un laboratoire pharmaceutique dans un palace parisien. Un coup de fil à la rédaction de *France-Soir* et Marzo, un ancien camarade de lycée, l'accréditerait sans lui poser de questions.

La grande salle de séminaire du Ritz était pleine. Samson avait eu du mal à se frayer un chemin parmi les journalistes, les filmeurs et les photographes. Quand les dirigeants du laboratoire pharmaceutique Laroche&Laroche firent leur entrée, bientôt rejoints par le patron de l'entreprise de biotechnologies Genetics Inc. et des représentants du gouvernement islandais, un murmure traversa l'assemblée. La multinationale avait vraiment bien fait les choses. Preuve de l'importance qu'elle accordait à l'affaire, elle avait dépêché ses plus hauts responsables européens. Les costumes gris à fines rayures prirent place derrière une longue table disposée sur une estrade. Chacun s'installa derrière une petite pancarte précisant son nom et sa fonction. Que des présidents du monde et des vice-présidents de quelque chose. Un vrai branle-bas de combat.

Tout ça pour la plus grande gloire de l'Islande ? Pour une poussière de pays entre Arctique et Atlantique ? Pour deux cent quatre-vingt mille pêcheurs de morues ? Allons…

Samson était payé pour savoir que des biologistes travaillaient sur le mode de transmission des maladies génétiques en exploitant le fichier de l'Insee sur la migration des noms ; ils étudiaient par exemple la proportion des cancers en focalisant leurs recherches sur les mariages entre personnes du même nom et sur les naissances issues de ces unions consanguines. Il savait également que le professeur Vivian Moses, du Centre d'anthropologie génétique du University College de Londres, cherchait à appliquer les méthodes des marqueurs tissulaires pour déterminer les ancêtres de la population ashkénaze venue d'Europe de l'Est au cours du XIXe siècle. Il savait enfin que l'Église de Jésus-Christ des saints des derniers jours — autrement dit les mormons — s'était lancée dans le microfilmage systématique de tous les états civils de par le monde à seule fin de baptiser à titre posthume leurs ancêtres qui n'avaient pas eu la chance de recevoir la parole du prophète Joseph Smith, lequel avait eu une révélation en 1828, à condition toutefois que l'inattendu sacrement fût accepté dans l'au-delà par les défunts ; c'est ainsi qu'une copie des archives de l'état civil de la quasi-totalité des départements français dort dans des tunnels de Salt Lake City (Utah), l'Église en ayant offert deux copies en échange à l'État français, qui n'aurait de toute façon jamais engagé les moyens pour en faire autant.

Mais, avec l'affaire islandaise, tout cela prenait une autre proportion.

La présentation fut naturellement lancée par un panégyrique en règle du projet de Genetic Inc. Une merveille, à les entendre, conçue pour le seul bien-être de l'humanité, alors qu'il s'agissait tout de même d'établir une gigantesque base de données centralisant tout ce qu'il était possible de savoir des Islandais sur les plans médical, génétique et généalogique. Toute une population en fiches. Codées bien sûr, donc décodables. Ce qui a été crypté est par nature décryptable. Reste à déterminer qui en aura le pouvoir.

Un pays pris pour champ d'expérience. Une population pour cobaye. Sur le papier, ça faisait froid dans le dos. Sur le terrain aussi. Mais ce pays de glace était l'endroit idéal : un peuplement homogène depuis des siècles, des archives très bien tenues par le ministère de la Santé et des

habitants pour la plupart sujets à une fièvre généalogique chronique. En croisant ces éléments avec
les données sur l'ADN des Islandais, on devait rapidement aboutir à des résultats étonnants dans la
découverte de gènes à l'œuvre dans certaines des
maladies polygéniques les plus répandues.

« Diabète, asthme, hypertension, arthrite, cancer, sclérose en plaques, Alzheimer et d'autres
encore aux facteurs multiples, énuméra le docteur
Valsson comme s'il procédait à une vente aux
enchères, douze en tout ! Nulle part ailleurs mieux
que dans notre pays les conditions optimales de
réussite de ce projet n'auraient pu être réunies.
Nos dossiers médicaux font partie de nos ressources naturelles sur le même plan que l'énergie
géothermique et les poissons. Nous...

— Vous considérez les hommes comme le
hareng et les crevettes ? fit une voix.

— ...nous sommes des pionniers et c'est bien à
ce titre que notre population le soutient. L'ADN
des Islandais est une richesse nationale, il n'y a pas
de honte à cela, au contraire. »

Dans la foule assise, une journaliste leva aussitôt
le bras et prit la parole sans attendre qu'on la lui
donne :

« Des pionniers ou des cobayes ?

— Des pionniers. Genetics Inc. est une société
totalement islandaise. D'ailleurs aussitôt après sa
création, la fuite des cerveaux s'est tarie. Quant à
la population, nous lui offrons des emplois et des
médicaments issus de ces recherches, ainsi que
l'accès gratuit aux soins. De toute façon, notre Par-

lement a voté une loi autorisant Genetics Inc. à utiliser toutes ces données génétiques et médicales jusqu'en 2010.

— Des cobayes, reprit la journaliste. Le conseil d'administration de la société est américain et britannique, elle a été enregistrée dans le Delaware, seul l'habillage est islandais. »

Alors que l'échange se faisait de plus en plus tendu, Samson crut reconnaître de loin une silhouette féminine qui se glissait sur l'estrade, mais non, ça ne pouvait être Inès, illusion caractéristique de ceux à qui un être manque et qui le voient surgir à tout instant comme dans un mirage. La silhouette murmura quelques mots à l'oreille du président de Laroche&Laroche puis retourna dans l'ombre des projecteurs de la télévision.

« Mademoiselle ou madame, dit-il en s'adressant à la chroniqueuse, votre journal a qualifié notre projet de « Genetic Park ». Ceci n'est pas correct. Croyez-vous que nous avons signé un contrat d'investissement à hauteur de deux cents millions de dollars juste pour jouer à nous faire peur ? Croyez-vous que les fonds de capital-risque qui sont nos partenaires placent leur argent à la légère ? C'est une chance pour ce pays, pour ce peuple et pour l'humanité. Grâce à ce projet, l'Islande s'inscrira un jour et à jamais dans l'histoire de la médecine et les annales de la science.

Ses confrères s'étant retournés vers elle comme si le dialogue devait se poursuivre, elle ne se laissa pas entamer par l'importance du personnage.

« Ce sont des grands mots et de grandes idées,

mais vous noyez la morue dans l'eau du glacier, si vous me passez l'expression, car vous faites l'impasse sur le débat éthique. En éludant le discours bioéthique, vous éliminez toute réflexion sur le biopouvoir. La légitimité scientifique du projet n'entraîne pas sa légitimité politique. Pourquoi n'a-t-il pas été confié à un organisme public ?

— Mais qu'est-ce qui vous fait croire que l'État serait plus à même de le mener à bien ? De toute façon, nous sommes en Islande parce que son gouvernement est venu nous chercher, et que son peuple est majoritairement d'accord, aussi toutes ces histoires me paraissent relever d'une vue de l'esprit. »

La silhouette sortit à nouveau de l'ombre pour venir déposer un mot devant le président de Laroche&Laroche, et se retira aussitôt, tandis que la conférence de presse menaçait de virer au meeting. Manifestement, sous couvert de leur bulletin d'information, un certain nombre d'écologistes et de militants des droits de l'homme avaient réussi à se glisser parmi les chroniqueurs spécialisés de la presse nationale.

« Mais il n'y a pas eu de concurrence entre des équipes scientifiques ! C'est grâce à un lobbying intense que votre société a obtenu un droit de prospection sur le génome humain. La protection de la vie privée…

— Quoi, la vie privée ? s'encoléra soudain le responsable de Genetics Inc., perdant sa placidité luthérienne à la seule évocation de cet argument.

Ne me parlez pas de la vie privée ! Ça n'a rien à voir ! »

Il s'était mis dans un tel état de nerfs que le président de la multinationale dut le calmer en posant simplement sa main sur son bras, comme pour le retenir de faire un malheur.

« Pour qui prenez-vous mes compatriotes ? reprit-il en rongeant son frein. Nous sommes le pays le plus alphabétisé, celui qui compte le plus grand nombre de téléphones portables par habitant, l'un des plus connectés à l'Internet. Ceci pour vous dire que nous sommes parfaitement informés et que quand nous votons une loi, ou quand nous plébiscitons un grand projet, c'est en parfaite connaissance de cause. De toute façon, les citoyens qui en expriment le souhait peuvent s'extraire de la base de données. D'ailleurs, certains l'ont déjà fait, la loi le leur permet mais ils sont très peu nombreux car comme on vous l'a dit, la population nous soutient... »

François-Marie Samson, qui avait assisté à la conférence de presse sans y participer, oublia alors sa qualité de touriste en ces lieux où il n'était en principe pas convié. Était-ce l'ambiance surchauffée ou la nature des arguments échangés ? toujours est-il que l'étude à laquelle il avait contribué quelques années auparavant, à la demande de l'Association des médecins islandais, lui revint en mémoire et provoqua son intervention spontanée dans les débats :

« Et les morts, monsieur ? Qu'en pensent-ils, les morts ? »

L'étrangeté de l'interpellation suscita des rires, puis des sourires, enfin des mines graves. Les maîtres du monde — enfin, de bien petits maîtres — semblaient pris au dépourvu. À la tribune, les costumes gris à fines rayures se consultèrent tandis que cette fois la silhouette féminine dans l'ombre du projecteur demeurait en retrait, stoïque.

«Le consentement éclairé des citoyens étant présumé, la question des personnes décédées est à l'étude…

— En attendant, leurs héritiers ne peuvent pas les soustraire de la base de données ! Or elle contient presque autant de morts que de vivants. Plus que la mort, ce sont les morts qui dérangent aujourd'hui. C'est de la manipulation de…

— Autre question ?»

Aussitôt une forêt de bras tendus étouffa toute velléité de contestation. Samson n'avait pas l'habitude, il n'était pas du bâtiment. Question de culot et de rapidité. À ce jeu, les meilleurs sont aussi les plus mal élevés : ils prennent la parole sans qu'on la leur donne, crient à la censure si on la leur coupe, et relancent jusqu'à ce qu'ils obtiennent une vraie réponse à leur question gênante; pour parvenir à leurs fins, ils n'hésitent pas à invoquer la liberté d'expression, un amendement de la Constitution, des articles de la Déclaration des droits de l'homme, quand ils ne menacent pas de porter devant la Cour européenne de justice l'affront fait à l'opinion publique à travers le mépris adressé à leur personne. Assis à côté de lui, un confrère d'un jour lui adressa un bon sourire compatissant en lui tapotant le dos.

Une petite réception suivit la conférence de presse. Ni le whisky ni le champagne non plus que les petits fours de la multinationale ne semblaient sujets à caution, contrairement à son grand projet islandais. Au vrai ils faisaient l'unanimité. Samson se mêla à la foule autour du buffet.

Les costumes gris à fines rayures formaient un groupe compact. Quelques-uns suintaient la puissance ou plutôt la volonté de puissance. Ils avaient ce côté «ingénieur des âmes» dont les dictatures froides s'étaient fait une spécialité. Plusieurs portaient le pouvoir comme une seconde peau ; on les sentait prêts à trahir si nécessaire tout autant que les autres, mais avec élégance. Quand ils licenciaient un cadre, ils devaient évoquer son surdimensionnement devant l'intéressé en affectant un air sincèrement désolé. Ceux qui émergeaient du lot étaient remarquables par leur absence de savoir-vivre, une désinvolture appuyée, cette arrogance si bien admise qui consiste à prendre le monde à témoin de sa conversation téléphonique, de parler les mains dans les poches bien planté sur des jambes légèrement écartées, de mâcher du chewing-gum en permanence, d'arracher directement le raisin de la grappe sur la grande table commune. Instruits à défaut d'avoir été éduqués, formatés plutôt que formés, ils incarnaient la nouvelle élite en marche. La guerre est un art tout d'exécutions, le mot ne venait pas d'un de ces tueurs à calculette mais d'un mutin de 1917 juste avant qu'il n'y passât.

Sortie de l'ombre pour de bon, la silhouette féminine était entreprise par des journalistes. Au fur et à mesure qu'il s'en approchait, il reconnut Inès de Chemillé à sa manière inégalée de se tenir. Quand elle le vit arriver, elle prit congé du petit groupe et se dirigea droit vers lui. Alors qu'il allait s'incliner, elle anticipa son baise-main en tendant ostensiblement une poigne assez virile pour une personne aussi gracieuse :

«Je vous félicite. J'avais paré à tout pour les vivants, je n'imaginais pas que les morts pussent avoir un délégué.

— C'était bien vous, je n'en étais pas sûr», balbutia-t-il.

La même femme et pas la même femme à la fois. Comme quoi la fonction peut métamorphoser la personne. Le badge épinglé à la pointe de son sein gauche indiquait : «Inès de Chemillé. Directrice de la Communication et des Ressources Humaines/Laroche&Laroche». Tout dans ses accents, ses expressions, son attitude, ses vêtements, ses accessoires, tout en elle révélait soudainement quelque chose de sec et de professionnel. Non qu'elle fût en représentation, car elle l'était tout autant dans la sphère privée, mais le poids de l'entreprise avait même réussi à rendre son sourire mécanique. Quand un snob cultive un goût prononcé pour le cosmopolitisme on le dit international, mais d'elle on aurait plutôt dit qu'elle avait l'air multinationale. L'esprit d'entreprise avait parfaitement déteint sur elle — aux heures de bureau seulement. À croire que ses importantes responsabilités avaient provisoirement congédié toute sa grâce. Était-elle du genre à faire analyser la salive sur les rabats d'enveloppes contenant des demandes d'emploi ? En tout cas, elle était certainement du genre à annoncer avec toute la douceur nécessaire à un cadre qu'il devrait songer à négocier son départ prématuré de la société et que ça se ferait sans douleur grâce au concept de résilience.

Les costumes gris à fines rayures se rapprochaient, l'un d'entre eux murmura quelque chose à l'oreille d'Inès. Fallait-il qu'elle y trouvât son compte pour se commettre avec des gens d'une telle vulgarité. Ce n'était pas indigne de la directricedelacommunicationetdesressourceshumaines mais de l'idée qu'il se faisait de la femme en elle. Pour l'heure, elle était *in charge*, comme ils disaient. N'eût été sa foi, Samson aurait alors juré qu'une telle personne n'exclurait pas de se suicider afin d'être maître de sa mort comme elle l'avait été de sa vie.

« Alors, comme ça, vous vous intéressez aussi à l'Islande ? lui demanda-t-elle.

— N'exagérons rien, je n'y suis jamais allé et je n'ai pas l'intention de passer mes vacances à Drangajökull. Mais le projet de Genetics Inc. m'intéresse, j'y ai un peu travaillé et…

— C'est plus compliqué que vous ne le croyez, trancha-t-elle un rien cassante. Beaucoup plus compliqué. La vie est en train de devenir un objet moderne et l'Islande est appelée à être le site d'expérimentation de cette modernité. Oui, la vie. Nous allons exploiter cette richesse génétique et, en échange, le site bénéficiera de notre protection, vous avez entendu les exemples cités tout à l'heure par notre président...

— Votre *protection*, dites-vous ? Mais vous parlez comme des seigneurs le faisaient de leurs serfs. C'est une logique néoféodale.

— Non, non, vous n'y êtes pas, cher François-Marie, si vous permettez, reprit-elle. Vous vous égarez dans des analogies historiques qui ne sont plus d'actualité. Lisez le dossier de presse, les extraits du *British Medical Journal*, du sérieux, non ? et ceux du Jama, pardon, du *Journal of the American Medical Association*, ils nous suivent tous, ils savent où est le progrès de la médecine. De toute façon, rien ne peut se faire sans les labos. De nos jours, rien.

— Le débat sur la bioéthique, c'est juste une réflexion sur la dignité.

— Mais on y vient, dit-elle, les labos y viennent, nous et les autres, tous les grands groupes pharmaceutiques mondiaux. Le Groupe organise bientôt un symposium à Évian, ou à Sharm el-Cheikh, on hésite encore. "Durée de protection des brevets et ralentissement du progrès médical". Vous viendrez ?

— C'est-à-dire que... »

Un costume gris à fines rayures s'approcha d'Inès de Chemillé pour l'entraîner jusqu'à son président en la tenant familièrement par le coude.

Un téléphone portable gonflait chacune de ses poches, il était prêt à dégainer à tout instant, quelqu'un d'important assurément. Alors qu'elle s'éloignait, elle se retourna pour lancer à Samson un regard désolé.

Dix minutes plus tard, comme il récupérait son imperméable au vestiaire en même temps que les derniers invités, il la croisa à nouveau.

« J'ai oublié de vous demander des nouvelles de vos enfants, de votre mari...

— Ça va, fit-elle doucement en baissant les yeux pour la première fois, ça va, si l'on veut... Vous savez...

— Quoi ? demanda-t-il en l'aidant à enfiler son manteau.

— Non, rien.

— Mais si, dites-moi ! » insista-t-il.

Sur sa lancée, elle fit quelques pas en direction de la sortie, puis rebroussa chemin après un temps d'hésitation. Son arrogance avait disparu, en même temps que l'assurance de celle qui maîtrise parfaitement son dossier. Soudain, les yeux brillants, elle lui apparut aussi émue qu'anéantie :

« L'autre soir, le trouble était partagé. »

Et elle se laissa emporter par des costumes gris à fines rayures qui s'engouffraient dans des voitures aux vitres teintées, abandonnant François-Marie Samson à lui-même. Tel qu'en lui-même : les jours de haute solitude, un homme des cavernes plus quelques névroses ; les soirs de fête, un personnage mélancomique.

Cette nuit-là fut à peu près blanche. Café, cigarettes et autres intranquillisants. Il écouta des voix à la radio, l'une de ces émissions si tardives qu'elles en deviennent matinales. Juste des voix pour se donner l'illusion d'autres présences, des voix que la solitude faisait sonner différemment, avant de rejoindre son propre musée sonore où les voix défuntes s'assemblaient, des voix d'inconnus que le décor de son appartement absorbait mieux qu'une chambre d'écho, des voix qui révélaient des âmes. La nuit, la radio donne à l'isolé de la société l'illusion d'entendre le bruit de fond du monde. C'était toujours mieux que de recourir à la chimie de l'anxiété, l'un de ces médicaments de la famille des benzodiazépines : dans ces moments-là on rêve d'être sans famille.

En se séparant d'Agathe et en entamant une procédure de divorce, il savait que ce serait sportif, plus encore que sa vie conjugale, mais il était convaincu qu'au bout du bout ce serait zen. Elle allait «gérer la séparation», comme elle disait, avec le pragmatisme qu'elle déployait dans la gestion de son agence immobilière. En partant, il avait presque tout perdu mais qu'importait. Il avait la paix désormais. La paix. Cela n'avait pas de prix. Il aurait été prêt à tout lui donner en échange. D'ailleurs il lui avait presque tout donné. Ne lui restait que son minimum à lui, qu'il avait posé plutôt que disposé dans son nouvel univers, un deux-pièces exclusivement en noir et blanc.

Un lit, une table, une chaise, un fauteuil, deux lampes. De sa vaste bibliothèque il n'avait pu sauver que la centaine de volumes de la Pléiade. Agathe ne les aimait pas, elle avait toujours prétendu que le papier bible lui rappelait de mauvais souvenirs. Par la force des choses, lui qui les avait toujours considérés comme des livres à lire avec des gants, il se surprit à en dévorer des chapitres comme il le ferait de n'importe quel livre de poche, plus rapidement même, un écrivain ayant un jour assuré que si on lisait une page dans cette collection, on en lisait trois en même temps grâce à la transparence. Voilà, il avait réussi à sauver ça du désastre, mais quand bien même n'y serait-il pas parvenu qu'il se serait aussitôt fait une raison, à force de se persuader que la littérature n'avait produit de toute façon que deux grands romans, les deux seuls chefs-d'œuvre qui lui fussent vraiment indispensables, *La Princesse de Clèves* et le Dictionnaire, le second se distinguant du premier par l'ordre parfait dans lequel les mots y étaient rangés.

Il avait donc réussi à arracher ça aux griffes d'Agathe, ça et quelques photos de Cartier-Bresson, ainsi que des dessins de Sempé qu'il avait accrochés au coude à coude, car cette coexistence de l'esprit de géométrie et de l'esprit de finesse sur un même plan l'aidait à vivre mieux que n'importe quel cachet, des silhouettes en noir et blanc encadrées de noir sur des murs blancs, des personnages dont il avait fait des amis à force de les fréquenter, les seules âmes qui vivent dans cette volonté de dépouillement, les seules, et elles étaient de papier.

Bientôt, quand cette solitude commencerait à lui peser, ça se saurait et ses amies réapparaîtraient. Alors il verrait bien s'il serait lui aussi sensible au syndrome de la portière affectant ces amoureuses si dévouées en semaine mais si promptes à s'éclipser le samedi matin pour partir en week-end avec mari et enfants, lui offrant cette image de la douceur de vivre en famille avant de faire claquer la portière de la voiture, ce bruit insupportable qui annonçait deux jours d'esseulement, le désert dans le quartier et l'incapacité de téléphoner à la femme aimée, lui aussi verrait bien si c'était le prix à payer.

En attendant, il jouissait de cette solitude choisie comme d'un bonheur tout neuf, heureux de s'être enfin débarrassé d'elle, libéré du poids du mariage, mais peut-on vraiment se débarrasser de quelqu'un quand on a l'a eu dans la peau pendant des années, on ne peut pas, surtout si elle s'emploie à ne pas se faire oublier, tout au mieux on respire. Agathe, il ne l'avait pas quittée pour une autre femme, et surtout pas l'une de ses amies, l'une de ces femmes qui brandissent en permanence leur loyauté conjugale alors qu'on ne leur a rien demandé, mais qui épargnent régulièrement de l'argent en cachette de leur mari au cas où. Agathe avait commencé à le haïr du jour où il lui avait tranquillement exposé son idée du mariage à mi-temps. Agathe s'inscrivait si bien dans l'air du temps qu'elle n'imaginait pas que tout ne se fît pas en couple, elle récusait sa part d'ermitage et ne comprenait pas que sa haine des poncifs et du lieu commun le poussât au mutisme absolu, elle niait son besoin de solitude, un truc d'artiste bon pour les créateurs névrosés, pas pour nous qui vivons dans le siècle, c'est ce qu'elle lui répétait la veille encore de son départ.

Jamais il ne s'était senti aussi disponible et ouvert. Inès de Chemillé avait dû le sentir, d'où son trouble. Car il avait beau retourner le problème en tous sens, il ne comprenait pas comment une femme comme elle, qui lui était en principe interdite, pouvait s'intéresser à un homme comme lui, moyen en toutes choses, à commencer par le milieu dans lequel il avait grandi et celui dans lequel il évoluait désormais. Moyen mais libéré de tout complexe. Un intranquille débarrassé de cette irrésolution qui handicape la plupart des inquiets. Bien de sa personne mais sans aspérités, naturellement bien fait de haut en bas sans avoir jamais soumis son corps au martyre des activités physiques. Généralement crédité par l'opinion féminine d'un charme certain ou d'un certain charme selon les points de vue, ce qui dans un cas comme dans l'autre suffit à un homme pour se jeter dans l'inconnu de la séduction.

Qu'importe puisque dans une rencontre, ou une découverte, comme dans toute révélation, seule compte l'intensité.

Il n'avait pas rêvé, sa bouche avait bien laissé échapper le mot qui menaçait de la défigurer, « le Groupe », elle avait bien dit « le Groupe » avec une majuscule dans l'arrondi des lèvres, les grandes manœuvres de Groupe, la tactique de Groupe, la

122

stratégie de Groupe, toutes ces foutaises d'état-major pour guerriers à la petite semaine, les divisions territoriales et les responsables des opérations spéciales, il avait bien connu, douze ans dans un groupe lui aussi, le plus grand d'Europe dans sa spécialité, il en était un pivot jusqu'à ce que ça se mette à basculer sans qu'il sût trop pourquoi, même s'il savait par qui, il faut dire qu'il demeurait insensible à la mystique groupale, surtout quand elle menace de se dégrader en pathologie, puis la suite bien connue de l'immonde processus, on se sent lâché de partout, on compte ses amis puis les supposés tels jusqu'au jour où on n'a même plus besoin de les compter tant le mot est devenu obscène en ces lieux de petits arrangements et de trahisons ordinaires, il est chassé par un autre murmuré dans le dos celui-là quand demeurent encore quelques égards avant d'être lancé à la figure à l'une de ces réunions où on crève les abcès, le mot qui marque le point de non-retour, le mot « parano ».

La rumeur avait fait son œuvre, le processus d'élimination était lancé, on ne dément pas un tel bruit, toute parole critique alourdit le dossier du délire d'interprétation, parano juste parano, laïcisation du trop sacré « paranoïaque » qui présente l'inconvénient d'être directement connoté à la maladie mentale. Il aurait pu prouver que la folie était de leur côté, que la concentration de tant de pouvoir dans les mains de quelques-uns avait rendu leur âme misérable, qu'ils y perdraient leur conscience, qu'ils n'étaient même plus capables de dresser l'inventaire des valeurs qu'ils avaient abdiquées pour en arriver là, pas même fichus de prendre la mesure de leurs reniements pour la plus grande gloire du Groupe, il aurait pu mais c'eût été s'enfermer dans une spirale pour des années de procédure alors que la vie l'attendait, ce cabinet indépendant qu'il avait créé avec ses indemnités et dont il était le seul maître, ses clients qu'il avait tous choisis, ces contrats qu'il se permettait de refuser, sa liberté toute neuve, quand on vous dit fini il faut montrer que tout commence, finalement d'un mal sortait un bien. Sans regrets car jusqu'au bout ils avaient été minables, ce pot de départ devant tout le personnel de la société, quand la langue de bois des chefs peut pousser les employés au meurtre, typique des obsèques de personnalités, foule à l'église et désert au cimetière, à la fin il s'était retrouvé seul.

Elle avait peut-être bien prononcé le mot « Groupe » mais ce qu'elle lui avait avoué en partant avait une valeur rédemptrice qui effaçait tout le reste. Lui aurait-elle chuchoté je vous aime à l'oreille qu'elle n'aurait pas suscité plus intense dévastation de son âme. Ce sentiment qu'elle avait avoué devant lui, quel suprême abandon pour une femme d'une telle tenue ! fallait-il que quelque chose d'ineffable et d'imperceptible fût advenu entre eux à leur première rencontre pour qu'elle renonce à ses garde-fous, à croire que sa nouvelle liberté avait débridé l'amateur d'imprudences en lui, comment précipiter mes hommages à vos pieds sans paraître ridicule, autorisez-moi à méditer votre souvenir, permettez-moi d'abuser de vos instants, laissez-moi juste prononcer votre prénom, Inès.

Il alla se coucher dans sa chambre nue. Certains s'endorment et se réveillent face à un chromo paysager, une affiche balnéaire, une sanguine dénudée, du bleu de Klein. Lui, le mur. Du blanc de blanc. Rien signé par personne. Un vide vertigineux juste assez vaste pour contenir le monde.

Au matin, il trouva une enveloppe sur son paillasson. Un coursier l'avait déposée à la première heure. Sur un bristol crème, une graphie discrète mais déterminée murmurait :

François, je ne sais pas ce qui m'a pris. Je suis un peu nerveuse en ce moment, il faut me pardonner. Et tout oublier.

Inès de Chemillé

Pardonner certainement, il se sentait même prêt à lui pardonner une fois par jour de telles fautes, mais oublier il n'en était pas question. Tout le ramenait à elle. Tout, à commencer par le travail commandé par son mari.

Au fur et à mesure que son enquête progressait, un sentiment étrange l'envahissait, inconnu en vingt ans de pratique, un malaise diffus. L'impression d'être manipulé par son commanditaire. Cette histoire d'anniversaire, l'effet de surprise, le secret absolu, quelque chose ne collait pas, à moins que son inconscient lui jouât à nouveau le concerto pour parano solo.

Deux jours durant, il s'enferma dans une bibliothèque. Non pas une bibliothèque spécialisée en généalogie, ni une bibliothèque historique, mais la Bibliothèque nationale de France tout simplement, le vaisseau amiral dans toute sa métallique majesté; il s'était senti personnellement réconcilié avec elle quelque temps après son inauguration quand il y avait à nouveau éprouvé ses émotions d'étudiant, cette impression unique de vivre hors du temps, la douce volupté d'être inaccessible aux aléas de la vie en société, quand la Bibliothèque était redevenue à ses yeux le meilleur endroit de la ville où se protéger de la méchanceté du monde.

Des journées entières dans les livres, à s'en faire un rempart contre la société, à ne se laisser distraire que par l'écoute du silence, par la chorégraphie des magasiniers, par la conservatrice qui de guerre lasse affichait la réponse à la question du jour pour un concours organisé par un journal, ou par l'observation de ces jeunes Asiatiques dont le sérieux et l'opiniâtreté annonçaient les élites de la France de demain; des filles surtout, anciennement vietnamiennes probablement, s'il osait il regarderait par-dessus leur épaule les titres des gros volumes sur lesquels elles travaillaient, mais c'eût été trop indiscret. Peut-être que l'une d'entre elles préparait un mémoire ou une thèse sur les litiges matrimoniaux en haute Alsace de 1745 à 1790, ce qui aurait fait son affaire car il n'arrivait pas à mettre la main sur le dépouillement de ces centaines d'affaires plaidées à l'époque devant l'officialité de l'évêque de Bâle alors installé à Altkirch; il savait d'expérience qu'il trouverait davantage de pépites dans ce genre de travail que dans la plus brillante monographie.

La focale se resserrait, mais ces Créanges de Vantoux lui échappaient encore. Une famille pourtant solidement assise. Mais trop de traces effacées, trop de bouleversements, trop de blancs pour masquer les zones d'ombre. Petite noblesse, petite illustration, petit grand nom, mais grands principes, grande fortune, grande exaltation de la foi. Sauf que rien ne certifiait que ces gens se fussent toujours appelés Créanges de Vantoux, ni qu'ils eussent été de tout temps ce qu'ils sont devenus. Toujours tout réviser, toujours tout remettre en question, le savoir et les jugements, car rien n'est sacré ni gravé dans le marbre. Ses maîtres le lui avaient appris et il leur en serait éternellement reconnaissant.

Le lendemain, ses pas le portèrent du côté de la place Vendôme, dans une section du ministère de la Justice bien connue des généalogistes. Le Bureau du sceau ne payait pas de mine, mais sa situation mansardée lui donnait cette touche de poésie qui humanise l'Administration. Toutes les demandes de changements de nom transitaient par là. Les dossiers des requérants étaient instruits dans cette banque à patronymes avant que la chancellerie ne les transmette au Conseil d'État. Une procédure longue et difficile, à l'issue incertaine, car ce pays n'aime pas que ses citoyens modifient leur identité sans motifs impérieux, le législateur ayant établi à l'origine une distinction importante entre francisation et changement de nom.

Lévy est le nom le plus abandonné de France depuis 1808. Mais tous les cas de figure existent, les ridicules qui n'en peuvent plus, les Ducon et les Labitte, voilà ce qui manquait encore à la France : une association des handicapés du patronyme, pour ne rien dire des Salope plus nombreux qu'on ne le croit, ceux qui à certaines époques jugent que leur nom n'est plus de saison, les Landru et les Hitler, ou ces fiers Jurassiens qui refusent que leur département soit celui de la plus grande densité de Crétin, d'autres enfin qui rêvent de relever un nom illustre. Parmi ces derniers, les aristophiles n'étaient pas minoritaires récemment encore; mais si certains avaient pris la peine de consulter un généalogiste, ils se seraient évité des déconvenues, tels ce Jean-Pascal Jacob qui échouait à devenir Jean-Pascal Duchassaing de Ratevoult, ou ce Malik Youssef Amran né à Tours, et ses enfants nés à Genève, qui avaient déposé en vain requête auprès du garde des Sceaux à l'effet de substituer à leur nom patronymique celui de Denoix de Saint-Marc, déjà pris par ses véritables propriétaires. Avec un bon dossier, un Abdeloudaoud avait de bonnes chances de devenir un Ledoux, mais il fallait plus que de sérieuses raisons ou des arguments purement euphoniques pour qu'un Mir Abdoc Baghi réussisse à devenir un Mirabeau. Les archives composaient un inventaire à la Prévert, un Vilain qui ne parvenait pas à ses fins y côtoyait une Folachier qui obtenait gain de cause.

Samson avait ses habitudes dans les combles du

ministère. On lui faisait confiance, même si ses dérogations n'étaient pas nécessairement à jour. Comme à son habitude, il s'immergea dans des dossiers connexes à son sujet, se laissant guider par l'instinct autant que par une technique éprouvée de l'épluchage des registres. Ces recherches-là, il ne les déléguait jamais car il savait d'expérience que ce qu'il trouverait lui apprendrait ce qu'il cherchait, et que la surprise viendrait plutôt du hasard des fouilles.

Peine perdue. Le Bureau du sceau restait muet. Créanges de Vantoux était bien leur nom depuis la nuit des temps. À supposer qu'un changement fût jamais intervenu dans cette famille, il fallait chercher ailleurs que du côté du nom.

Il savait que Tanneguy de Chemillé lui demanderait de lui présenter le fruit de ses recherches ailleurs qu'à son domicile. Son bureau au Quai d'Orsay ? Pas assez discret, trop de passage. À son cercle, alors ? Les frères Chemillé étaient convenus d'un partage du monde des clubmen parisiens afin que la famille soit représentée là où elle devait l'être sans multiplier inutilement les cotisations, leurs cercles n'étant pas uniquement ceux du paradis ou de l'enfer. Au cadet revint le très international Traveller's, sur les Champs-Élysées, au médian l'Automobile Club de France, place de la Concorde, à l'aîné le Jockey-Club, rue Rabelais, à équidistance entre les deux. C'est là que Samson imaginait être convié par son commanditaire, dans le cercle le plus fermé de France. Il n'en fut rien.

74 *ter* rue Lauriston, entre la place de l'Étoile et la place Victor-Hugo, derrière le réservoir, passez me prendre vendredi en fin de matinée, le message sur le répondeur téléphonique ne précisait rien d'autre de la nature du lieu. En avisant un insigne formé de deux raquettes croisées, Samson comprit que ce n'était pas un club de bridge. Ladite Société sportive du jeu de paume s'enorgueillissait d'être la seule à entretenir la tradition à l'origine de tous les sports de raquette dans une ville où ce sport était roi avant la Révolution. Une sorte de tennis mais qui aurait conservé son intelligence, son élégance et sa finesse originelles. Son règlement a ceci de particulier qu'il est inchangé depuis la publication de l'*Ordonnance du Royal et honorable jeu de la Paume* en 1592. Samson aperçut des échanges de balles à travers une porte vitrée ; il la poussa et s'installa dans des Chesterfield vert d'eau orphelins de leurs ressorts, qui auraient mérité, eux aussi, de descendre de Henri IV. Une plaque au mur indiquait SILENCE SVP.

Tanneguy de Chemillé, tout de blanc vêtu, disputait une partie de double acharnée ; il faisait équipe avec un partenaire qui, une fois sur deux, étouffait à grand-peine un juron en anglais en s'accablant. Samson, qui ignorait les règles, n'en était pas moins fasciné par la chorégraphie et surtout par les différentes conceptions du jeu. À croire qu'il en existait autant que de joueurs, chacun adaptant sa nature au jeu dans le secret espoir d'adapter un jour le jeu à sa nature. L'un, trahi par sa décontraction, devait s'y adonner pour le pur plaisir de la distraction dès lors qu'il s'agissait de relever un défi, l'autre par un snobisme inavoué d'autant qu'il assurait mettre sa connaissance du billard et des échecs dans sa pratique, le troisième par goût de l'ascèse tant il semblait prêt à s'arracher la peau et les yeux à chacune de ses erreurs tactiques. Et Chemillé ? Probablement un peu de tout ça. En plus, il s'excusait chaque fois qu'il marquait un point.

« Alors, ça vous a plu ? »

Il essuya son visage en transpiration avec une serviette parfaitement amidonnée.

« Quelques minutes au sauna, le temps de la douche, je me change et je suis à vous, attendez-moi au bar. »

L'endroit possédait un charme suranné, une couleur unique que lui conféraient les reflets du soleil sur les boiseries ; elle enveloppait l'alignement des trophées aux anses ouvragées, les gravures anciennes du Serment du Jeu de Paume et les couvertures du *New Yorker* évoquant des raquetteurs en folie. Par déformation professionnelle, le généalogiste en lui ne put s'empêcher de reprendre le dessus sur le sportif défroqué ; il se surprit à relever instinctivement les noms des champions gravés sur le fronton de la pièce principale depuis un siècle. Un rapide examen l'autorisa à une non moins hâtive typologie des paumiers. Il y avait les lord Aberdare, capitaine Price, lord Cullen, major Eeles... Il y avait aussi les colonel Gérard, Albert de Luze, Ravet de Marbaix, comte de L'Aigle... Il y avait enfin les Gounouilhou, Alvarez, Strauss, Masip, Ruault, Grozdano-vitch… Peut-être un jour un comte de Chemillé rejoindrait-il ces raquettes d'or ou d'argent. La cravate encore de travers, à peine peigné, un grand sac à bout de bras, celui-ci le surprit dans sa méditation sur les grandes heures du club :

« Toujours votre obsession patronymique ! Décidément on ne se refait pas ! Vous connaissiez la paume ?

— Pas vraiment. Mais je ne vous imaginais pas membre d'une ligue de pétanque. C'est quoi, ici, une société secrète pour la persistance de l'Ancien Régime ?

— Pas le moins du monde, répliqua Chemillé un brin vexé, vous vous faites une fausse idée de ce sport magnifique parce qu'il se veut l'héritier et le gardien de traditions séculaires, parce qu'on le disait jeu des rois et roi des jeux, parce qu'on y observe un code de civilité qui jure avec l'époque, mais le jeu de paume, c'est… comment dire sans paraître trop… un art de vivre, voilà.

— Je me doutais bien que pour un homme comme vous, ce ne pouvait être simplement un sport, fit Samson dans un sourire. En tout cas le palmarès est très instructif, on suit la vie privée des joueurs, le comte du Vivier l'emporte en 1928 mais c'est le marquis du Vivier qui gagne en 1936…

— Ici, c'est un esprit. »

Alors Chemillé leva la tête tout en marchant et avisa ces listes de noms glorieux anciens gravés en haut du mur à l'entrée de la salle. Puis il se pencha vers Samson, laissant apparaître une petite croix pectorale dans l'échancrure de son polo frappé de l'écusson du club, et lui dit doucement :

« C'est probablement ça qui m'a décidé à m'inscrire ici et à me passionner pour ce sport. Juste un détail qui vous aura échappé, là, vous voyez… 1915-1919 : non disputé… et surtout là, 1939-1945 : non disputé… Nul n'a profité que des joueurs soient exilés, prisonniers, déportés ou simplement empêchés pour gagner un titre à la déloyale alors que la plupart des autres clubs sportifs ne se sont pas gênés pour faire comme avant, comme si de rien n'était, comme s'ils ignoraient que certains de leurs partenaires et de leurs adversaires d'avant-guerre crevaient dans les camps ; et encore, inutile d'aller si loin, quand on songe qu'à vingt mètres d'ici, au 93 de cette rue Lauriston, la bande de Bony et Laffont torturait les résistants dans le sous-sol de leur quartier général… Aussi, quand j'ai vu ça, cette simple mention « non disputé » à ces deux moments cruciaux de notre Histoire, et quand j'ai su que dans le monde sportif ç'avait été l'exception plutôt que la règle, je me suis dit qu'une telle association ne pouvait avoir été animée que par des gens de qualité. »

Il l'avait confié avec une telle émotion dans la voix que Samson en demeura coi. D'un coup de menton, il l'invita à l'accompagner dans un coin près du bar, loin d'un groupe de joueurs jeté dans une controverse sur la complexité aromatique de la dernière cuvée de château-falfas.

« Alors ?

— C'est plus délicat que je ne l'imaginais au

départ, reconnut Samson en sortant un dossier d'une grande enveloppe kraft. Pour ce qui est de la branche qui remonte du côté d'Avignon, ça va à peu près. C'étaient des sédentaires. Mais pour la branche alsacienne, c'est tellement nomade, entre la France et l'Allemagne, qu'on s'y perd un peu, malgré l'aide du Centre départemental d'histoire des familles, car il faut maîtriser l'allemand, déchiffrer le gothique, comprendre le latin, décrypter les dialectes, et je n'ai pas de formation de paléographe. L'Alsace est pour un généalogiste une région aussi difficile que la Corse ou la Savoie. Beaucoup d'archives ont disparu, les conceptions de l'état civil sont à géométrie variable selon les traditions locales, les anciens actes de décès sont souvent bourrés d'erreurs car les secrétaires de mairie ne vérifiaient jamais les dires du déclarant... Bref, on retrouve des membres de cette famille sur des actes de vente passés au Moyen Âge à Guebwiller, dans l'ombre de l'abbaye de Murbach, sur les listes de fantassins recrutés en 1580 par la ligue de Strasbourg pour la défense de l'Alsace, puis parmi les hommes mobilisables à la veille de la guerre de Trente Ans dans le baillage de Bergheim, et parmi les miliciens tirés au sort en 1788 dans les paroisses de haute Alsace, mais ça paraît parfois confus ou imprécis. J'ai élargi la recherche le plus possible pour espérer des recoupements inédits, j'ai fait éplucher les registres de mariages implexes dans certaines communes généralement négligées, j'ai fait établir des relevés systématiques sur des séries de pierres tombales dans des cimetières de l'Est et du Midi, j'ai regardé les *Memorbücher*…

— Les quoi ?

— Des obituaires dans lesquels on recueillait les notices nécrologiques en souvenir des morts, à Metz. Je suis même allé voir du côté des actes notariés de la seigneurie de Landser entre 1684 et 1746, dans des livres de raison datant du XVIe siècle qui sont aujourd'hui dans des collections privées, j'ai également étudié dans une bibliothèque spécialisée le fonds Halphen sur les contandins à la veille de la Révolution. Comme j'avais une nouvelle piste, je suis allé voir en Moselle, dans le comté de Créhange, une principauté jadis enclavée au sein du duché de Lorraine où des banquiers messins avaient financé le duc Léopold au début du XVIIIe, et à Metz encore, où j'ai passé au peigne fin le cadastre du quartier Saint-Ferroy. Et puis… Il semble qu'à la fin du XVIIe, il y ait eu des conversions collectives, dans leurs villes et dans leur famille. »

Chemillé se pencha lentement vers lui, tout près, et le fixa du regard comme pour ajouter de la solennité à sa déduction :

« Des protestants, c'est cela ?

— Vous n'y êtes pas, dit doucement Samson en remuant la tête, pas du tout. Je suis en train de vous raconter la rencontre historique, il y a trois siècles, d'un homme issu d'une famille venue du Comtat Venaissin et d'une femme issue d'une famille installée de longue date en Alsace, un juif du pape et une juive de lointaine origine germanique. De cette rencontre est né un couple qui s'est aussitôt converti au catholicisme, en déployant une telle ferveur dans l'effacement de cette trace que nul membre de la lignée ne songea jamais à retourner vers un passé inconnu de tous...

— Est-ce si sûr ? demanda Chemillé. Comment savez-vous qu'il n'y a pas eu dissimulation ou cryptage, ou quelque chose du même ordre ?

— Au vu des documents que j'ai consultés, rescrits pontificaux, contrats de mariage, émancipations, testaments, partages et autres, ça paraît acquis, en amont et en aval du décret impérial de 1808 qui obligeait les israélites à fixer définitivement leur nom. Ils se sont convertis non sous la contrainte mais par volonté d'intégration et par ambition sociale. Chose remarquable, ça ne s'est pas accompagné d'un renoncement au patronyme...

— Créanges de Vantoux, c'est..., fit-il, incrédule.

— Parfaitement, comme Saint-Paul ou de Saint-Paul dès 1277 dans la carrière de Carpentras. Dans la même région, tout aussi israélite, on trouve Vidal de Millaud, Crémieux, Naquet, Valabrègue, Beaucaire, Montel, Carcassone, Roquemartine. Enfin, c'était israélite à l'origine, mais depuis, l'attachement indéfectible des Créanges de Vantoux à la foi chrétienne s'est avéré la plus durable et la plus tenace de toutes leurs valeurs transmises de génération en génération. Un nom, une terre, du bien. Leur réputation n'a jamais été entachée. Ils sont d'une lignée enracinée en France depuis presque aussi longtemps que les Chemillé, à cette réserve près. Chose également singulière dans leur cas, ils sont issus de deux régions qui se sont en quelque sorte absentées de la France au cours de son histoire : le Comtat Venaissin, que Philippe III le Hardi avait cédé au pape Grégoire X en 1274 et qui est resté propriété du Saint-Siège jusqu'en 1791, et puis l'Alsace, que les Allemands ont annexée par deux fois en 1871 et 1940. Cela dit, un arbre est possible, bien sûr. »

Dans un premier temps, Tanneguy de Chemillé se laissa choir contre le dossier de son fauteuil, comme si ce qu'il venait d'apprendre l'anéantissait. Puis il se leva doucement, marcha jusqu'à la fenêtre, perdit son regard dans l'observation des chambres de l'hôtel en vis à vis, murmurant des mots inaudibles, et revint à sa place en soliloquant : « Un arbre est possible, un arbre est possible… »

« Je le garde, si vous permettez, fit-il en s'emparant d'autorité du dossier. Continuez à enquêter et le cas échéant prévenez-moi, mais de toute façon, j'ai ce que je voulais.

— Et l'arbre ?

— On verra, on verra plus tard… »

Ils se séparèrent. En déambulant dans la rue Lauriston à la recherche d'un bistro, Samson s'aperçut qu'il ne lui avait pas demandé si sa nomination au poste d'ambassadeur était enfin signée. Il avait même oublié de lui remettre un petit livre qu'il voulait lui offrir. Il courut et le rattrapa au moment où Chemillé allait claquer la portière de sa voiture.

« C'est pour vous, fit-il essoufflé.

— Vous ne m'avez pas tout dit, je m'en doutais un peu, dit Chemillé en décachetant l'enveloppe…

— Ce n'est pas du tout ce que vous croyez.

— Mais où avez-vous trouvé ça ? Je n'en avais jamais entendu parler… *Les antécédents idéologiques de la calandre Rolls-Royce* par Erwin Panofsky… On dirait une blague, non ?

— Pas le moins du monde, le reprit Samson. L'auteur était un spécialiste mondial de l'iconologie, et son texte est un essai d'anatomie du goût anglais. C'est passionnant, ça montre comment l'influence du classicisme palladien s'est d'abord exercée sur la conception des jardins avant de se retrouver admirablement résumée dans la calandre surmontée de la *Silver Lady*, vous verrez, c'est très convaincant.

— Je n'en doute pas, François-Marie. Ça me touche beaucoup que vous y ayez pensé. N'oubliez pas, dès que vous avez du neuf, vous m'appelez… »

Il referma la portière de sa voiture et démarra. Samson revint sur ses pas, heureux d'avoir fait un heureux, mais insatisfait du malaise qui le gagnait insensiblement. Une phrase l'obsédait désormais : « j'ai ce que je voulais », Chemillé avait bien lâché ça dans la conversation, mais que voulait-il dire au juste, que voulait-il ?

Samson fut à nouveau envahi par un sentiment désagréable, comme s'il avait été manipulé, mais rien ne lui permettait de l'affirmer, rien d'autre que son petit délire portatif. Un généalogiste a toujours une âme de détective, mais certains l'ont plus

138

développée que d'autres. En poussant si loin et si profond l'enquête sur le passé enfoui des Créanges de Vantoux, il avait remué leurs zones d'ombre. Soudain, il se crut dans la peau d'un de ces inspecteurs du Commissariat aux questions juives qui questionnaient sans relâche les concierges pendant l'Occupation. Pour la première fois, il se sentit sale, d'autant plus sale que son travail mettait en cause Inès de Chemillé, et qu'il œuvrait à son insu. Peut-être n'aurait-il pas dû apporter ce dossier, peut-être aurait-il dû en garder les conclusions par-devers lui.

Après tout, s'il est dangereux d'être rattrapé par son propre passé, comment peut-on forcer quiconque à affronter le sien, si lointain, refoulé et enténébré fût-il ? De quel droit peut-on rappeler, sinon révéler, leurs origines à des gens qui n'ont rien demandé, les ignorent probablement et ne sont pas prêts à subir un tel bouleversement ? Imagine-t-on seulement la violence que cela représente d'imposer une telle vérité à ceux à qui elle demeure intolérable ? Depuis quand la société se croit-elle fondée à vous rappeler d'où vous venez ? D'où tire-t-elle une si accablante autorité morale ? Il n'y aura donc jamais de prescription pour ce délit de mémoire ? Et puis, quand cesse-t-on d'être juif au regard de la société, si l'on est baptisé, croyant et pratiquant depuis des lustres ? Qui décide de tout ça, et dans quel but ?

À dire vrai, il n'en savait rien, mais ça ne dissipait pas sa responsabilité, non plus que sa culpabilité.

Il se faisait tard. Samson eut à peine le temps de se changer puis de passer prendre sa mère en voiture. Cette nouvelle mise en scène des *Fourberies de Scapin*, il la lui avait promise depuis qu'elle en avait repéré l'annonce dans les programmes de la Comédie-Française. Elle s'en faisait une fête car jamais elle ne se lassait du spectacle dans le spectacle, les à-côtés du théâtre, la foule au foyer, l'identification des gens connus, il n'était pas jusqu'à la sonnerie qui ne provoquât une lueur dans ses yeux.

À l'entracte, alors qu'il se frayait un chemin dans la bousculade vers le bar, il crut apercevoir Sixte de Chemillé. En jouant des coudes, il parvint jusqu'à lui :

« Sixte, c'est vous ? »

C'était bien lui mais il ne répondait pas. Le jeune homme regardait fixement devant lui, comme hypnotisé, tandis que Samson l'agrippait doucement par le bras, « Sixte, c'est bien vous, répondez-moi, que se passe-t-il ? », mais l'adolescent restait sans réaction, son inertie en était effrayante, un golem en blazer. En suivant son regard, il discerna l'inoubliable silhouette d'Inès de Chemillé, bien décidée à ne pas quitter le bar tant qu'elle n'aurait pas obtenu ce qu'elle désirait. Samson la rejoignit et lui dit quelques mots à l'oreille mais elle ne lui répondit pas non plus ; elle continuait à tendre un billet dans le fol espoir de régler ses consommations, quel pays ! il faut se battre et supplier pour honorer ses dettes, c'est ce qu'il lui murmurait, les lèvres presque collées à son pavillon, mais elle ne réagissait pas. Jusqu'à ce qu'elle se retourne et tombe nez à nez avec lui :

« Ah, vous étiez là ! mais vous ne m'aviez pas prévenue, je veux dire, j'ignorais votre intérêt pour…

— J'accompagne ma mère, elle est là-bas, je vous la présenterai. Dites, vous ne m'entendiez pas ?

— Ah, c'est-à-dire que… J'étais perdue dans mes rêves.

— Décidément, c'est de famille. J'ai croisé votre fils, il m'a paru bizarre. Il y a un problème ? »

Elle baissa la tête, fit quelques pas de côté vers la rampe du grand escalier et s'échoua sur une banquette de velours rouge, les jambes coupées :

« Ça ne va pas, dit-elle sur le ton de l'aveu. Ça ne sert à rien de le cacher, de toute façon vous l'avez constaté par vous-même, ça ne va pas et je ne sais même pas pourquoi. Ce n'est pas lui d'être ainsi. Il a toujours été un original, un peu à part et même marginal aux yeux de certains, il se passionne depuis tout jeune pour le paranormal et toutes ces choses qui personnellement me dépassent…

— Vous ai-je dit que chez vous, après une longue conversation, il m'avait frappé par l'extrême attention qu'il portait au motif tissé dans le tapis, au salon ?

— Oh ! ça, ce n'est rien, enfin ce n'est pas nouveau. Il semble qu'il jouisse d'une sorte de don de médium, il communique avec l'invisible, enfin, disons qu'il voit les choses à travers les choses juste avec ses yeux…

— Comment ça : juste avec ses yeux, avec quoi d'autre ?

— La radiographie, les rayons X, le carbone 14, tout le matériel des laboratoires des grands musées, il n'en dispose pas, bien évidemment, et il ne lit jamais rien sur l'art. Ça ne s'explique pas. Nous avons consulté un spécialiste de la chirurgie oculaire qui, pris de court, a estimé que cela pourrait s'apparenter à une vision transpigmentaire, façon de reconnaître que ça ne relève d'aucun phénomène connu. Un don, voilà tout. Nous avons souvent emmené les enfants et leurs cousins à des expositions, en France et à l'étranger, il n'y a que Sixte pour scruter une œuvre aussi longuement ; il est capable de la trouer du regard tant son observation est intense. Le fait est qu'il voit souvent le tableau derrière le tableau, la valse des corps sous la dernière couche, et, plus important, les repentirs du peintre, la présence originelle d'un bras étendu là où l'artiste l'a finalement fait disparaître.

— La genèse du tableau ? Vous voulez dire qu'il pose un regard naturellement génétique sur une œuvre ?

— En quelque sorte, concéda-t-elle.

— Lui aussi veut savoir d'où ça vient, c'est incroyable, la névrose des origines poussée à son paroxysme, si jeune…

— La première fois, c'était au Louvre, devant l'*Angélus* de Millet, reprit-elle. Il avait deviné la présence invisible d'un enfant mort dans le berceau, sans avoir jamais entendu parler des analyses de Malevitch ou de Dali naturellement, et je me souviens que dans l'instant, Tanneguy et moi, ça nous avait glacé le sang. Quelque temps après, alors que nous visitions des amis dans le Nord, nous avons fait une halte au musée de Lille, et là il n'a pas décollé le nez des *Vieilles* de Goya, épiant les moindres craquelures, jusqu'à ce qu'un conservateur vienne confirmer son intuition, à savoir que le peintre avait peint par-dessus un autre tableau, par mesure d'économie ou pour ne pas perdre de temps à préparer une toile vierge ou que sais-je encore ? en tout cas il y avait bien eu superposition. Une fois même, on ne l'a pas cru. C'était un dimanche, à Orsay, il voulait nous convaincre qu'il y avait non pas un mais deux tableaux, l'un peint horizontalement et l'autre verticalement, sous *Les falaises d'Étretat après l'orage*. Eh bien il avait raison, la restauratrice du Courbet nous l'a confirmé. Voilà Sixte, notre héros magnétique, un adorable obsédé du palimpseste, et depuis quelque temps, il est intimement persuadé que des signes se dissimulent dans les floralies du tapis de notre grand salon. Cela dit, il a toujours été un être social, il a toujours parlé, et souvent d'abondance. Et puis…

— Quand a-t-il changé ?

— Peu après notre soirée à la maison. Depuis, il ne parle plus. On dirait un automate, il me fait peur parfois. Il continue d'aller en classe, de suivre les cours à peu près normalement, de faire ses devoirs. Mais il s'est soudainement fermé au monde. J'ai un petit peu levé le pied au bureau pour m'occuper de lui. Ce soir, je devais être à l'Opéra pour un raout de mécènes, mon président

143

adore ça, c'est moins tape-à-l'œil que le village de Roland-Garros. J'ai préféré amener mon fils ici, Molière est à son programme, et puis on ne sait jamais, ça peut l'aider de passer une soirée seul avec moi.

— Mais, le tapis…

— Quoi, le tapis ? Il est dans nos familles depuis toujours. Mais ça n'a guère d'importance, ça ou autre chose… Sixte a toujours besoin de révéler les choses cachées derrière les choses, pourquoi mon Dieu, pourquoi… ? À vrai dire, je n'en sais rien, je ne sais plus… »

Étrange, ce naturel avec lequel elle avait associé Créanges et Chemillé dans la propriété séculaire de ce tapis, comme si l'amitié déjà ancienne de leurs familles allait de soi jusqu'à n'en faire plus qu'une. Ses accents exprimaient un tel désarroi que Samson se permit de poser sa main sur la sienne et de balbutier les lieux communs de la consolation. Il n'en aurait pas juré, car elle baissait à nouveau la tête, mais ses yeux étaient certainement humides. Il essaya de dédramatiser, mit son excès d'anxiété sur un trait de caractère universellement répandu, son côté mère juive (à toute solution un problème), imagina que Sixte pourrait passer à la postérité sous le nom de M. de Sévigné comme le premier auteur d'un roman e-pistolaire entièrement rédigé par courriel, mais le cœur n'y était pas. Tout dans ses phrases hurlait ce que ses mots n'osaient pas dire, que cette perte de contact vital de son fils avec la réalité portait un nom, qu'il

144

avait l'air de quelqu'un qui promène son ombre et que cette seule pensée l'effrayait.

Quelque chose était advenu dans cette famille qui lui échappait mais les faisait tous vaciller. Fallait-il que la secousse ait été puissante pour que leur maison en parût ainsi toute lézardée.

« Et un psy, vous avez essayé ?

— Un psyquoi, d'abord ? Un psychologue ? Un psychothérapeute ? Un psychiatre ? Ça change tout, ce n'est pas la même approche, ça ne veut rien dire, un psy. Un homme en blanc ou un homme en tweed ? Quelqu'un qui vous abrutit de médicaments ou quelqu'un qui vous accable de silences ? Vous savez, mon fils n'est pas malade, il souffre juste d'un mal. Oh ! et puis, de toute façon, dans notre famille, ça ne se fait pas. Mon mari est très opposé à toutes ces choses ; j'ai essayé mais il n'a rien voulu entendre. Il tient les psys pour des experts en énigmes que le secret désempare. Il a beau jeu de me rappeler que les gens pour lesquels je travaille ne jurent que par la molécule qui agit sur un processus biochimique, et que le reste n'est que bavardage, interminable et coûteux pour la société. Ça va vous paraître terriblement daté mais en fait, chez nous, quand on a vraiment besoin de parler à quelqu'un, on se confesse à un prêtre. »

S'il osait, il lui dirait le sentiment qu'il avait éprouvé en observant sa famille dans son jus, des gens qui n'arrêtent pas de parler, certains s'exprimant même remarquablement, mais qui dans le très privé ne devaient pas beaucoup s'ouvrir, le non-dit l'emportant certainement au final sur les aveux différés, appelons ça les effets pervers de la pudeur, ça ne sortait pas de la bouche et quand ça sortait ça restait sur le bout de la langue, rien ne passait entre eux de leurs intimes vérités et ils mouraient ainsi sans s'être dit l'essentiel, misère de l'éducation.

Une sonnerie rappela les spectateurs vers leur fauteuils. Ils se levèrent pour aller chercher l'une son fils l'autre sa mère, abandonnés chacun à deux tables du foyer. Un couple s'éloigna vers l'orchestre côté pair, l'autre côté impair, François-Marie Samson donnant le bras à sa mère, Inès de Chemillé entourant du sien les épaules de son fils, il faut se toucher à défaut de se parler mais autant chez lui cela paraissait naturel autant chez elle ça sentait l'effort. Un dernier regard échangé furtivement dans le dos acheva de sceller cette complicité muette qui valait toutes les promesses éternelles.

Une heure après, en quittant la place Colette sous des trombes d'eau, Samson reconnut de loin les silhouettes de la mère et du fils tant bien que mal abritées sous un parapluie qui s'apprêtait à rendre l'âme, dans la queue à la station de taxi de la rue Saint-Honoré. Il fit un crochet, s'arrêta à la hauteur de la file, ouvrit la portière arrière et leur intima de monter, ça ne vous fait pas un trop gros détour j'espère, pensez-vous entre riverains du pont Bir-Hakeim c'est la moindre des choses, juste le temps de déposer ma mère, à propos permettez-moi de vous présenter…

Une fois rendu, il raccompagna les Chemillé

jusqu'à leur porte. Contre toute attente, le jeune Sixte tendit la main mais elle était si mécanique, son regard si absent et son visage si inexpressif que ça n'en était que plus inquiétant. Il s'engouffra dans l'immeuble à l'angle du square Alboni sans attendre sa mère. Une vieille habitude, expliqua-t-elle, un accord tacite entre eux : comme il n'utilise pas l'ascenseur, il prend de l'avance, sans doute ne le supporte-t-il pas car c'est ce qui renvoie le plus à la mort, un cercueil qui s'élève, une lumière blafarde au plafond, et ce miroir qui vous réfléchit impitoyablement, impossible de ne pas se remettre en question, il en fallait moins pour exalter la grandeur de l'escalier.

« Qu'est-ce que c'est ? demanda-t-elle en prenant le bout de papier que Samson lui glissait dans la poche avec une maladresse ostentatoire.

— Un numéro, celui d'un de mes amis, un psy-quoi. Il saura l'écouter. »

Il tendit fébrilement la main, mais déjà d'un geste vif elle se pressait contre lui pour déposer un baiser sur sa joue, effleurant à peine la commissure de ses lèvres.

Quelques instants après, en se jetant sur son lit, il actionna machinalement le répondeur téléphonique. Monsieur Samson bonjour, ici la secrétaire du groupe Jeunes Ménages de l'Association pour l'entraide de la noblesse française, c'est à propos de… Il coupa. C'est le garage de la rue Schaeffer, nous avons reçu la pièce que… Il coupa. Salut, mon vieux, tu es libre le… Il coupa. Agathe à l'app… Il coupa. C'est Inès, il vaudrait mieux s'arrêter là je crois, pour vous comme pour moi, on va trop loin, vous me comprenez, n'est-ce pas, il le faut, merci pour tout ce que vous faites pour moi, je vous embrasse, bonne nuit.

Il réenclencha plusieurs fois la bande, ses remerciements l'accablaient, si seulement elle savait mais comment pourrait-elle se douter ? Elle écoutait du Mahler tout en lui parlant et, dans ses hésitations, il décelait un désarroi bouleversant. Cette femme l'émouvait plus que tout.

Dans le tiroir de la table, il prit un stock de cartes postales vierges de *Prospettiva con portico*, un caprice de Canaletto auquel il rendait rituellement visite une fois par an à l'Accademia pour retrouver l'ordre et la beauté du monde durant ses vacances à Venise, car il avait *son* Canaletto comme *sa* ligne 6, *ses* ennuis chroniques avec les impôts, *sa* harceleuse personnelle, toutes choses qui meublaient si intimement son univers quotidien qu'il se les était appropriées au point de ne pouvoir même envisager que d'autres puissent jamais les partager.

Il n'eut pas à réfléchir pour tracer quelques mots au dos de la carte postale, Inès cessez de vous immerger dans les *Kindertotenlieder*, vous ne ferez qu'ajouter du chagrin à l'inquiétude, écoutez plutôt ça, *Le pas du chat noir* d'Anouar Brahem, je viens de le découvrir, oud plus piano plus accordéon, avec une telle musique c'est un vrai bonheur d'être triste, signé L'homme au bout du pont. Puis il glissa la carte dans une enveloppe qu'il attacha par un élastique au cédé pour la couverture duquel l'éditeur avait choisi une photo d'André

Kertész certainement prise en plongée depuis la rampe de la rue de Rivoli, des promeneurs assis dans le jardin des Tuileries pour mieux s'abandonner à leur rêverie par une fraîche et lumineuse journée de 1928, hier eût-on dit, puisque ces sentiments-là sont de tout temps. C'était un disque, ç'aurait pu être autre chose. Quand on envoie à quelqu'un un mot, un livre, de la musique, on l'oblige à se désister de lui-même car on empiète sur sa solitude.

Le lendemain matin, avant de se rendre à son bureau de Montparnasse, il traversa la Seine en empruntant le terre-plein central sous le pont de Bir-Hakeim, passa devant la rue des Eaux célèbre pour abriter l'Académie du vin, continua jusqu'au garage situé sur l'avenue du Président-Kennedy.

Après que le patron lui eût remis le grand rétroviseur qu'il lui avait commandé, Samson prit son tour dans la file devant la caisse. Il prêta une oreille distraite au jeune homme qui essayait de vendre une voiture allemande à un couple et qui, tout au long de sa démonstration, ne cessait de claquer les portières. Exactement comme au Salon de l'auto, à défaut de klaxonner ou de faire tourner le moteur. On comprend pourquoi Renault a demandé à des psycho-acousticiens et aux compositeurs de l'Ircam de travailler sur le son de ses portières. Tout pour donner le sentiment feutré de la puissance dans le confort et le luxe.

Pour s'occuper les mains, il défit la pièce de son emballage en mousse. Dans son miroir, un homme

149

de dos inspectait la carrosserie de sa Peugeot 607. Quand la silhouette se retourna, Samson identifia aussitôt Tanneguy de Chemillé, ce qui n'avait rien de surprenant puisqu'il habitait dans l'un des immeubles qui surplombaient les berges, mais Samson jugea la situation assez étrange pour réfréner l'élan qui l'aurait normalement poussé à le saluer. Il continua à l'observer dans le rétroviseur, curieux manège que ce contrôle, il n'en finissait pas de caresser l'aile et la portière droites, mais après tout un collectionneur n'est jamais qu'un obsessionnel en tweed, ces amateurs de bouchons de radiateur nous étonneront toujours.

Un matin, juste après son petit déjeuner, il fixa le rétroviseur au moyen d'une perceuse sur le pilier gauche de son balcon, ce qui ne manqua pas d'intriguer les voisin. En vis à vis, un jeune couple ne disait mot mais n'en pensait pas moins. Tout à son bricolage matutinal, Samson continuait pourtant à les observer du coin de l'œil, s'il avait osé il leur aurait dit ce qui lui tenait à cœur depuis des mois, à savoir que leur papier peint fleuri sur fond lavasse était un outrage à la beauté du monde, et qu'il était prêt à leur en offrir un autre qui heurtât moins sa sensibilité, surtout au réveil. La proposition n'avait rien d'insultant, après tout le grand Beckett lui-même avait bien payé la moquette à ses voisins du dessus.

Peu de balcons du quartier étaient dotés d'un tel engin. Le miroir réflétait en enfilade une portion du boulevard Garibaldi, le pont de Bir-Hakeim et, au loin, sur la colline de Passy, l'immeuble d'angle du square Alboni dressant fièrement son donjon. François-Marie Samson se sentait désormais habité par les Chemillé. L'admiration qu'il leur portait depuis le premier jour, quand il leur enviait cette harmonie dans l'union et leur enracinement dans le temps et la terre, avait fait place à une sourde inquiétude pour trois de ses membres puisque chacun d'eux, à sa manière, le sollicitait. Hier cette famille incarnait un certain bonheur, aujourd'hui son sourire s'était figé sous un masque troublant.

Le fait est qu'entre ses amis rangés et ses ennemis dérangés, il éprouverait toujours une secrète attirance pour les seconds. Ceux dont l'esprit avait fait un pas de côté. Il l'aurait volontiers examiné sous l'angle de la diaclase géologique ou celui de la scissure anatomique. La fêlure, voilà ce qui le captivait chez les gens. La faille, voilà ce qui l'aimantait durablement. Selon le tempérament, une fissure ou une dérive des continents. Toute sa curiosité n'avait pour objet que de cerner le lieu et l'instant de cette brèche dans une vie.

On peut être hanté par une famille...

... jusqu'au jour où on finit par hanter une famille.

Samson se connaissait suffisamment pour savoir qu'il ne les lâcherait pas, Inès, Sixte, Tanneguy. La première le bouleversait, le deuxième le fascinait, le troisième l'inquiétait. Quelque chose d'ineffable était venu perturber le tranquille ordonnancement de ce jardin à la française. Il lui devenait intolérable de ne pas savoir. Le privé en lui avait pris le pas sur l'enquêteur, et les deux sur le généalogiste. La bonne marche de son cabinet n'en était pas entravée, même si désormais cette affaire mobilisait ses moindres instants, obsédant ses jours et ses nuits.

On le vit traîner aux conférences de presse quotidiennes du Quai d'Orsay. Les accrédités permanents, gagnés par la routine et l'ennui, se confiaient volontiers à celui qui se présentait comme échotier à *France-Soir*. De leurs anecdotes, il put tirer un portrait-chinois de Tanneguy de Chemillé qui confirma ses premières impressions, et fit apparaître des qualités qu'il ne soupçonnait pas. Sa générosité, par exemple, celle d'un être suffisamment délicat pour laisser une petite somme impayée lorsqu'il épongeait discrètement l'ardoise d'un ami afin que celui-ci ne fût pas humilié par son créancier, et qu'il crût que finalement sa dette n'était pas si élevée. Il était du genre à mettre quelqu'un sur les rails sans lui dire que les rails existent. Jamais un tel homme n'aurait habillé ses intimes convictions en théories.

Au siège des laboratoires Laroche&Laroche, le problème était d'une autre nature. Des portes partout, des cartes pour accéder aux portes, des puces pour valider les cartes, des noms pour programmer les puces. La psychose de la sécurité. En prétextant une recherche en bibliothèque sur l'interaction des psychotropes avec les neuromédiateurs et les enzymes, Samson put s'introduire dans la forteresse, fréquenter la cafétéria, déjeuner à la cantine et lier conversation avec une assistante du service communication. Dans les bribes qu'il lui soutira, Inès lui apparut telle qu'en elle-même. Tout y était de ce qu'on attend de ce genre de femme à ce niveau, non une tueuse mais une décideuse, moins fière de prendre elle-même des initiatives que de permettre à son président d'engager une décision dans la plus complète connaissance de la question. Compétence, sens de l'organisation, efficacité. Ne manquait que la tendresse, mais en un sens ça le rassurait, et flattait son orgueil d'imaginer qu'il pouvait en être l'un des rares destinataires. La clef de la réussite intérieure des gens de pouvoir est de ne pas confondre leur identité et leur fonction. Seule ombre au tableau — mais comment ses collaboratrices ne l'auraient-elles pas remarqué? —, son air préoccupé et son manque de disponibilité ces derniers temps. Des signes imperceptibles la trahissaient, des sourcils souvent froncés précipitant la naissance de rides frontales, un agenda sans cesse bousculé, une certaine nervosité.

En s'inscrivant au prochain symposium consacré à la durée des brevets de médicaments, il nourrissait de fortes appréhensions. Laroche&Laroche, comme tous les groupes de dimension internationale, disposait d'un important budget pour ce genre de lobbying, mais préférait réserver ses raouts de relations publiques au corps médical et à ses satellites, auprès desquels ils possédaient l'art et la manière d'entretenir leur image, plutôt qu'à des journalistes inconnus, difficiles à contrôler, tel ce François-Marie Samson, rédacteur en chef d'un bulletin de recherches généalogiques dont il devait être le seul collaborateur. In fine, sa demande fut pourtant acceptée et visée par la directrice de la communication et des ressources humaines, mais il fut probablement le seul à ne pas en être étonné.

Si Illiers-Combray est la seule ville au monde où les touristes s'appellent des proustiens, Évian-les-Bains est la seule ville de cure au monde où les proustiens ne s'appellent pas des curistes. Trop snobs pour avouer le motif secret de leur villégiature, ils se donnent des alibis pour fréquenter cette ville dont le prince est une bouteille, qu'il s'agisse de relire *Un amour de Swann* au soleil, de rejouer *Le joueur* au casino, de crapahuter en montagne ou de se couvrir le corps d'algues. Encore faut-il préciser que dans l'esprit d'Inès de Chemillé, comme dans celui des hauts cadres du groupe, Évian se confondait avec le nom d'un hôtel, un seul, comme s'il n'y en avait pas d'autre dans cette ville qui en comptait des dizaines, *le* Palace.

Il avait conservé de son âge d'or une atmosphère de montagne magique qui l'isolait de la rumeur du monde, suspendu entre le massif du Chablais et les eaux du Léman. L'humanité pouvait être à feu et à sang, on n'en restait pas moins là entre soi, hors d'atteinte de la barbarie, dans un calme si apaisant qu'il en devenait anesthésiant. Les jours de gros temps, quand on ne voyait même plus les maisons les plus avancées de Lausanne sur l'autre rive, cette situation géographique unique rendait les clients neurasthéniques, état qu'ils s'empressaient de mettre sur le compte de la môle pêchée dans les eaux du lac, son autre spécialité avec l'omble chevalier. Mais les séminaristes conviés par Laroche&Laroche étaient si mobilisés qu'ils en auraient commandé au dîner pour la seule volupté de l'autopsier, de diagnostiquer une forme inédite de dépression chez la truite rouge et de lancer la recherche sur la moléculequi pour le médicamentque.

Le lieu n'en paraissait pas moins exceptionnel tant par son site que par la qualité et la variété des services déployés. Tout y était mis en œuvre pour donner au villégiateur l'illusion qu'il se trouvait protégé, loin de la foule déchaînée et des raisins de la colère. On s'y sentait effectivement à l'abri de tout, sauf de la folie, d'autant que des gens en blanc y incarnaient les prêtres de la nouvelle religion thermale. Une léthargie toxique gagnait insensiblement les riverains du lac.

Le service communication avait tout organisé très sérieusement. Durant le voyage, son petit personnel n'avait guère goûté l'ironie de Samson quand il l'assimilait à la *Propagandastaffel* du Groupe. Aussi décida-t-il de se tenir à carreau, et de respecter au moins la politesse de l'invité, contrairement à ces gens de médias toujours partout où il faut être mais jamais à leurs frais, et qui sont les premiers à crier « Remboursez ! » quand quelque chose ne va pas. Il avait malgré tout du mal à contenir ses espiègleries. C'était tentant, le président étant du voyage, mais pas le même qu'à la conférence de l'hôtel Ritz. Pas le président du monde, juste celui d'une partie du monde, quelque chose comme le demi-monde. Un vice-président, titre qui ne lui inspirait pas confiance car il commençait mal, mais un vertu-président l'aurait rendu encore plus méfiant. Tout dans l'attitude de son entourage lui disait : Faites tout, nous ferons le reste. Son discours d'ouverture truffé d'aphorismes flattait astucieusement l'engouement de l'époque pour les formules.

Une communicante d'un dynamisme épuisant l'entreprit, elle était là pour ça. Elle usa d'un dialecte inconnu de lui, mais propre à sa corporation, où il était souvent question d'assumer, de maximiser et surtout de positiver — c'est fou ce qu'on pouvait générer, dans ce milieu-là, on générait tant et si bien qu'on finissait par générer de manière intransitive pour le pur plaisir de générer. On y parlait des hommes comme de « produits d'appel ». À la veille de ces grandes manœuvres, la directrice opérationnelle de leur département avait dû sévèrement les briefer et elle les débriefe-rait tout aussi sévèrement dès le lundi à l'aube dans son bureau. Mystère que ces compatriotes s'obstinant à parler dans un dialecte abâtardi qui ne chantait qu'aux oreilles des initiés quand l'étranger civilisé leur enviait le charme et la richesse de leur langue nationale.

« Comment avez-vous trouvé l'opening de notre vice-président ?

— Pas très rock and roll. »

Elle ne lui adressa plus la parole du séjour. Sans importance puisqu'il n'était pas là pour elle. Il fallut attendre la première intervention, consacrée au prolongement de la durée de l'exclusivité garantie par les brevets, pour qu'Inès, qu'il n'avait pu approcher depuis son arrivée, se manifestât. Un mot sous enveloppe qu'elle lui fit passer par un jeune appariteur, merci pour le disque, ça m'a tou-chée, mais qu'est-ce que c'est que ça au juste, de la musique arabe ? enfin j'écouterai dans la voi-ture, à plus tard, c'est cela, à plus tard, chère Inès, mais la lecture du programme, distribué dans une luxueuse sacoche pleine de menus cadeaux frappés du logo L&L (un agenda électronique dernier cri, un téléphone portable de la nouvelle génération et même un stylo des familles pour rappeler l'ancien temps) qui marquaient les invités plus sûrement que le fer rouge le cul d'une vache, cette lecture l'inquiéta un peu tant le maillage de l'emploi du temps semblait serré.

À la faveur d'une pause, l'après-midi, il s'éclipsa en douce, abandonnant les séminaristes à leur retraite studieuse pour descendre à pied, non comme la plupart pour traverser le lac, mais juste pour rester en ville respirer le même air que de vrais gens dont il comprenait la langue, pas des gens qui trouvaient normal de mâcher des salades de régime à cent francs la feuille, juste des gens comme les autres.

Au dîner, dans la grande salle à manger lambrissée, il fut placé comme de juste à une table de chroniqueurs scientifiques auxquels on avait habilement mêlé des médecins, des chercheurs et des responsables du marketing de Laroche&Laroche. La conversation lui donnant le tournis, François-Marie Samson confia son destin à un grand cru classé qui se trouvait appartenir au Groupe tout en tâchant de faire bonne figure, en effet l'explosion des coûts des essais cliniques rend la recherche moins attractive et cela par la seule faute des pouvoirs publics dont les exigences sont devenues insensées dès qu'il s'agit d'homologuer un nouveau médicament, hum hum, faudra en reparler au ministère, bof vous y croyez encore, ah non, vous n'allez pas remettre ça avec le Celebrex effets secondaires et contre-indications on a compris, que pensez-vous du *spin-off* que nous avons créé avec Basilea pour les antifongiques, moi pas grand-chose sauf que ce gruaud-larose est inoubliable et que je me demande depuis une heure si la planche là-bas au-dessus de la piscine est plutôt un tremplin ou plutôt un plongeoir, sert-elle d'abord à s'élever ou d'abord à s'enfoncer, question philosophique par excellence, hum hum, il semble que l'absence de cravate des patrons de petites sociétés de biotechnologie leur soit désormais aussi naturelle que le port du nœud papillon chez les chirurgiens, à propos êtes-vous invité au mariage de M. Creutzfeldt avec Mlle Jakob, je plaisante, difficile de suivre tout en guettant l'apparition d'une silhouette rehaussée d'un sourire.

Très sollicitée, Inès brillait d'une table à l'autre. Tous goûtaient sa présence, son éclat, son esprit de repartie. La salle à manger de l'hôtel était son salon. Elle régnait discrètement, à l'égal d'une autre femme de sa famille à la personnalité légendaire, sa grand-mère, du temps où elle avait son jour.

Samson observa à une table voisine les clientes de l'hôtel parées de leurs plus beaux atours, des êtres tout d'ultra-violets et de silicone, de la chair à caméras, pas une ne lui arrivait à la malléole externe. Leurs compagnons ne valaient guère mieux. Sans le faire vraiment exprès, il surprit une conversation. Un homme au teint hâlé trônait, très au fait des problèmes existentiels de la jet-set, le microcosme le plus vain qui soit, on le sentait prêt à mettre au point la chirurgie esthétique pour animaux de compagnie. Plus Samson les écoutait, plus il était convaincu qu'on pouvait être allé partout dans le monde et n'avoir rien vu. À quoi bon voyager tant si c'est toujours en première classe ?

À une autre table, deux couples d'Italiens d'un charme et d'une élégance éblouissants. Plus loin encore, deux jeunes mariés pourtant face à face, chacun parlant très naturellement à son téléphone portable, un bon début dans la vie.

Un fauteuil tendait les bras à Inès tout près de Samson, elle ne se fit pas prier.

« C'était bon ? lui glissa-t-elle en un soupçon d'envie mêlé de malice.

— Comment, vous n'avez pas…

— Vous m'invitez à dîner ? »

Ils se levèrent et tandis que le chariot taillefine des desserts allégés faisait son entrée, elle s'adressa au maître d'hôtel, mais bien sûr, madame, cette table par exemple, non faites plutôt préparer celle-ci à l'écart contre la fenêtre du jardin, vous êtes très aimable, voilà.

À peine furent-ils assis qu'elle lui demanda de sortir son calepin de notes ainsi que son magnétophone, et de les disposer ostensiblement entre eux. Tant de naturel dans l'anticipation des rumeurs ne manquait pas d'impressionner.

« Vous pensez à tout…

— On n'est jamais trop prudent, surtout quand on n'a rien à se reprocher, n'est-ce pas ? Le fait est que j'éprouve autant de plaisir à vous parler qu'à vous écouter : Bizarre, non ? »

Inès de Chemillé jouait de son étonnante faculté à se dédoubler, dans le langage sinon dans les attitudes. Autant la professionnelle en elle pouvait parfois exaspérer François-Marie Samson par sa maîtrise de cette insupportable langue de bois qui disgracie les lèvres les mieux intentionnées, autant la personne privée qu'elle savait redevenir le réconciliait dans l'instant avec l'image un peu trop idéale qu'il se faisait d'elle. Elle venait de commander des épinards au beurre salé et carotte sable à l'orange, suivis d'une dragée de pigeonneau des Landes de Lanvaux à l'hydromel, plat auquel l'ambiance donnait une sonorité de médicament. Mais après tout les notices de certaines posologies n'étaient-elles pas goûteuses, la littérature pharmaceutique montant parfois plus vite à la tête des profanes que les produits qu'elle accompagne ? Les autres tables en étaient au café, certains groupes de séminaristes commençaient même à s'éparpiller vers les salons. Et, alors qu'elle avait entrepris Samson avec douceur sur l'intérêt que sa mère semblait porter au théâtre, elle brancha d'autorité l'enregistreur, sortit de son grand sac des exemplaires du *Lancet* et du *New England Journal of Medicine* qu'elle entrouvrit négligemment et changea brusquement de conversation, quelques responsables de Laroche&Laroche s'attardant à discuter de culture managériale debout près de leur table. Alors elle se lança avec un naturel et un à-propos époustouflants, en effet l'une de nos unités vient de prendre en pension une dizaine de souris schizophrènes du laboratoire du cystosquelette de Grenoble, nos chercheurs leur ont inactivé un gène, d'où hyperactivité, anxiété, indifférence aux autres, après quoi ils ont breveté les souris et les ont soignées aux neuroleptiques, des animaux vraiment schizophrènes ? relança Samson qui se prit au jeu, tout au moins déprimés, rassurez-vous, c'est le moins qu'on puisse dire pour des souris que l'on a sciemment inhibées dans leur action, vous savez ce n'est pas d'aujourd'hui que les chercheurs désespèrent ainsi des animaux de laboratoire afin de tester leurs réactions, Inès aurait pu tenir ainsi pendant toute la soirée sans s'épuiser mais Samson, lui, aurait sombré dans un état qui aurait nécessité l'absorption d'un antidépresseur maison, merci L&L qui nous saoule et nous dessaoule, le mal et le remède à la fois, d'autant que ceux d'à côté évoquaient l'un de ces coups tordus parfaitement admis destiné à gruger l'opinion et qui consiste pour un laboratoire à confier son nouveau médicament sous licence à un laboratoire concurrent afin de donner l'illusion de l'originalité à un produit qui en est dépourvu et que l'on se disputerait alors qu'en vérité les rivaux se sont associés en vertu de la technique dite du comarketing, elle avait certainement un avis là-dessus et ça pourrait durer des heures, splendeurs et misères des parts de marché.

« Heureusement qu'ils sont partis, dit-il en regardant le groupe s'éloigner, ce langage, ça me tue.

163

— Faites semblant de mourir, je ferai semblant de pleurer. »

Il est des silences complices aussi embarrassants que des silences haineux sont pesants. La note qu'il avait cru percevoir dans ses derniers mots l'avait une fois de plus laissé coi. Était-ce par éducation, par tact ou par simple curiosité, toujours est-il qu'elle crut bon de lui demander des nouvelles de sa femme, enfin de votre future ex-femme si j'ai bien suivi, vous n'en parlez jamais, Agathe je crois, non merci sans façon elle en parle suffisamment elle-même pour qu'on n'ait pas besoin d'en rajouter en son absence, de toute façon quand une femme en vient à détester un homme à ce point c'est de la haine raciale.

Quand il l'entreprit à son tour sur son métier, du moins sur sa partie « ressources humaines », elle dévoila une passion intacte pour l'incroyable révélateur humain que constituait son activité, racontant avec force détails l'élégance ou la médiocrité des cadres à tous les niveaux, toutes choses révélées dès l'embauche avec la signature du contrat, et confirmées au licenciement dans la négociation du départ. Quand elle le relança sur son expérience de la généalogie, il jugea opportun de la faire parler d'elle, de sa propre famille, de ses origines. Elle lâcha des bribes d'informations anodines mais ce qu'il laissa échapper ne l'était pas :

« De toute façon, certains estiment qu'en France il n'y a plus guère que les aristocrates et les juifs pour se préoccuper du maintien des traditions, ce qui les rend très semblables.

— Oh oh, n'exagérons rien.

— Cela n'a rien d'étonnant. C'est vrai, au fond, qui d'autre qu'eux dans ce pays est à ce point obsédé par la transmission ? Quand on y songe, l'injonction au souvenir, *zakhor* en hébreu, est incroyablement récurrente dans l'Ancien Testament. Elle y apparaît cent soixante-neuf fois sous différentes déclinaisons. *Memento* en latin. Les juifs ont vraiment fait une idée fixe de la mémoire et de l'oubli, les nobles aussi. »

Soudain elle vida son verre d'un trait et parut se raidir.

« Pourquoi me dites-vous ça ?

— J'ai entendu un grand nom exprimer cette idée un jour dans une émission, ça m'avait frappé. Il avait d'ailleurs insisté sur l'interpénétration de ces deux mondes au xixᵉ siècle à l'occasion de certains mariages retentissants, quand des nobles ruinés avaient besoin de redorer leur blason, et que certaines fortunes israélites cherchaient à blasonner leur dot.

— Mais pourquoi me dites-vous ça à moi ?

— Mais Inès, ne le prenez pas mal, c'est tout simplement parce que vous êtes en face de moi, que nous bavardons et que cela vient dans la conversation, voilà tout, n'y voyez aucun sous-entendu d'aucune sorte. »

Alors elle se laissa choir contre le dossier de son fauteuil tandis qu'il remplissait à nouveau leurs verres en dépit de sa très légère résistance. À nouveau détendue, elle paraissait déjà gagnée par l'inquiétude, pardonnez-moi mais je vous avais prévenu, je suis un peu nerveuse en ce moment, on a beau se prémunir et affecter une certaine force de caractère, mais puisque vous avez la gentillesse de faire grand cas de Sixte, sachez que ce n'est même plus le statu quo, j'ai la douloureuse impression qu'il s'enfonce inexorablement au cœur des ténèbres, dans mes cauchemars je le vois tendre la main vers moi et je me sens impuissante à la saisir ou même à l'atteindre, elle avait prononcé cette dernière phrase la gorge nouée en baissant les yeux, comme si la honte l'envahissait à moins que ce ne fût la culpabilité, mais coupable de quoi, grands dieux, sait-on seulement dans son milieu qu'on peut consumer sa vie à ne pas s'ouvrir d'un secret mal enfoui et s'en étouffer littéralement.

La soirée était déjà très avancée, leur table la seule qui ne fût pas desservie, et le personnel trop stylé pour le faire remarquer, toutes choses qui paraissaient désormais sans importance tant ils flottaient. Le gruaud-larose n'y était pas étranger, ce qui permit à Samson, une fois n'est pas coutume, de louer les vertus d'un Groupe qui avait eu le bon goût de porter son choix sur un tel château.

Était-ce cette rare capacité d'écoute dont ses amis le créditaient, l'extrême attention qu'il portait aux autres et pas seulement par esprit critique, ou l'imperceptible alchimie du regard et du sourire d'où se dégageait une sorte de bienveillance, toujours est-il qu'on allait spontanément vers lui car on savait d'instinct qu'il ne trahirait pas. On pourrait à la rigueur murmurer *comment*, mais nul ne saurait expliquer *pourquoi* certains attirent naturellement la confession quand d'autres provoquent instinctivement la méfiance. À croire qu'une humanité en manque de contrition laïque sentait qu'un tel homme avait le don rare de se faire l'inflexible gardien du secret. À cet instant précis de leur conversation, il n'eut rien d'autre à faire que de laisser le silence s'installer entre eux pour que cette femme, que tout dans son éducation avait toujours formée à se préoccuper du bien-être des autres, s'abandonnât enfin à la volupté d'être soi pour soi, ce qui ne pouvait alors se traduire que par une tentative pour donner un nom et une forme à un certain désarroi moral au moment où celui-ci menaçait de devenir une grande détresse mentale.

Inès peinait à mobiliser comme avant ses énergies pour masquer l'inmontrable. Maintenir la façade. Sauver les apparences. Faire bonne figure à en mourir. Il lui fallait tenir bon pour les siens plus que pour elle. Mais aurait-elle assez d'imagination pour dire la vérité ? Elle se mit à parler comme on parle sans attendre d'écho en retour, juste pour se délivrer de quelque chose et y voir plus clair par le simple énoncé de ses tourments, comme s'il suffisait de les mettre au jour pour les rendre moins obscurs. À l'attitude qu'elle adopta alors, il comprit que son récit ne souffrirait pas d'être interrompu. Pour une femme si irréprochable dans le maintien de toute sa personne et la maîtrise de ses pulsions, de tels signes pouvaient annoncer une débâcle. Pour atténuer la solennité

du moment, il glissa une note de dérision, s'empara de la pelle à tarte sur le chariot, tint l'ustensile percé de meurtrières entre elle et lui à hauteur
de leurs bouches, et se tourna de profil à la
manière d'un prêtre confesseur. Il renonça aussitôt quand il comprit que décidément elle ne
pouvait prendre ces événements à la légère. Succomber à ses démons ou les dominer était la seule
alternative, tout en elle le disait.

« Ça a commencé le surlendemain de notre rencontre à la maison. Tanneguy était devenu de plus
en plus tendu ; j'ai mis naturellement son impatience sur le compte de cette nomination promise
et annoncée mais qui tardait, et vous savez l'importance qu'il accorde à ce poste. Mais dans le
même temps, pour une raison que je ne m'explique pas, Sixte s'est assombri tout en se retirant
du monde. Vous me connaissez un peu, je me suis
dit la vie continue, ne nous laissons pas bousculer
par les événements, et puisqu'ils nous dépassent
feignons de les organiser. Or il se trouve que je
devais faire une visite de routine prévue de longue
date chez notre médecin de famille. Il a eu l'air
inquiet et m'a demandé de consulter un spécialiste, ce que je me suis empressée de faire. Ne me
demandez pas pourquoi, une chose intime de
femme. Comme c'est un ami de mon mari, ils se
sont naturellement téléphoné. Que se sont-ils dit,
je n'en sais rien. Quand les résultats des analyses
et des examens sont arrivés, mon mari a tenu absolument à m'accompagner à son cabinet. Le médecin m'a prescrit un traitement préventif. Et à partir

de là, de ma manière de lire l'ordonnance, Tanneguy a tiré des développements insoupçonnés. J'ignorais même qu'il eût des idées, voire des théories, sur les différentes attitudes des patients face aux prescriptions en fonction de leurs traditions culturelles. D'après des enquêtes ethnologiques effectuées dans des hôpitaux auprès des malades, il apparaîtrait en effet que les catholiques les conservent pour les montrer si nécessaire à d'autres médecins, qu'ils ne se posent pas de questions sur ce qu'ils absorbent, qu'ils s'en remettent volontiers à l'homme de l'art ; il en serait tout autrement chez des patients protestants ou musulmans ; quant aux juifs, il s'avère qu'ils se rendent à la consultation avec un dossier dans lequel est consigné leur passé médical, conservent les ordonnances pour se souvenir du traitement, les discutent, téléphonent souvent pour poser des questions, négocient la posologie, contrôlent la prescription, lisent attentivement les notices... Tanneguy m'observait durant la consultation. Depuis, la tension n'a cessé de monter à la maison. Mes paroles et mes gestes sont alors devenus matière à interprétation comme jamais auparavant. Quand je me suis laissée aller à exprimer une certaine réticence à l'endroit des psychotropes — vous savez les dommages que cela peut provoquer sur la mémoire —, il m'a expliqué que ce trait était également considéré comme juif dans la fameuse enquête sur les ordonnances, alors que même pour un athée oublier c'est mourir un peu. Il s'est mis à me questionner sur mes origines, lui qui ne l'avait jamais fait auparavant. Sa méfiance m'a gagnée, et je me suis mise à mon tour à douter. De moi, de mes parents, de ma famille. Et quand on n'a plus confiance en ses ancêtres, c'est que quelque chose ne tourne pas rond, non ? Il avait instillé le poison de l'incertitude et enclenché la mécanique du soupçon. J'ai passé tout un dimanche chez mes parents à les interroger sur notre lointain passé. L'expérience a été très pénible. Ils ne comprenaient pas. Au début, ils se sont vexés ; à la fin, ils se sont mis carrément en colère. Car jusqu'à ce jour, dans notre famille, nous n'avions jamais entendu parler d'aïeux juifs, de conversions et je ne sais quoi de cet ordre, jamais, pas même sous l'Occupation et vous imaginez à quel point les autorités étaient pointilleuses sur ce chapitre. Ne vous méprenez pas, il n'y a rien de désobligeant dans ce que je dis car il n'y aurait rien eu d'infamant à ce que ce fût réel, simplement ça ne l'était pas. Chez nous, le racisme n'est pas seulement inadmissible par principe. Pour notre milieu, c'est avant tout une faute de goût. Mais aussi loin que nous remontions dans nos papiers de famille et dans notre tradition orale, la foi catholique est le pilier des Créanges de Vantoux. Sauf que depuis quelque temps l'insistance de Tanneguy me fait douter. En fait, je ne sais plus. Désormais je n'en jurerais plus. Après tout, j'ignore ce qu'on trouverait si l'on remontait plus loin. Mais a-t-on toujours envie de savoir ? rien de moins sûr. Quand je pense que tout cela a été déclenché parce que son ami médecin, incertain

de son diagnostic, a évoqué devant lui la possibi-
lité de la maladie de Tay-Sachs. Elle est fréquente
dans les ethnies vivant en autarcie, où elle entraîne
généralement la mort de l'enfant atteint avant
l'âge de deux ans. Tay-Sachs, vous qui êtes généalogiste, ça vous dit peut-être quelque chose, en
tout cas, moi, à l'époque, j'ignorais tout de cette
anomalie génétique, une forme d'encéphalopa-
thie par surcharge des neurones en une substance
non dégradée. Depuis je me suis renseignée et
dans un groupe comme le nôtre on a les moyens
d'être rapidement complet sur ce genre de choses.
Aujourd'hui, je suis imbattable sur le sujet, je peux
même vous parler de *Generation of the Righteous*,
une organisation créée en 1983 à New York dans
le but de détecter les maladies autosomiques réces-
sives mortelles les plus fréquentes chez ces Juifs
qu'ils appellent ashkénazes, la maladie de Gau-
cher, la maladie de Canavan, l'anémie de Fanconi,
la dégénérescence fibreuse cystique et cette
fameuse maladie de Tay-Sachs qui est cent fois plus
répandue chez eux que chez les autres, mais il faut
se méfier de la littérature médicale quand elle
tombe dans des mains profanes car, en piochant
le dossier, je me suis aperçue à la lecture d'un
article de *Nature Genetics* que la susceptibilité au
cancer du sein était également plus élevée dans
cette communauté spécifique, je vous laisse imaginer mon angoisse, je me suis dit qu'ils n'avaient
peut-être pas été rigoureux dans le choix du
groupe témoin. Quand je pense qu'en tant
que directrice des ressources humaines, pour cer-

171

taines embauches sensibles de haut niveau, il m'arrive d'exiger d'un candidat des diagnostics de prédisposition et des profils génétiques, ainsi que l'adjonction d'une clause de bonne foi dans le contrat. Aussi quand cette histoire m'est tombée dessus, moi qui préparais la communication de notre grand projet en Islande, et que mon mari a mis en cause ma bonne foi, justement, et celle de ma famille, quand mon fils a commencé à se refermer comme une huître, j'ai été déstabilisée. Je me suis vraiment demandé si j'étais bien celle que je croyais être. Aujourd'hui, je me pose souvent la question : en quoi tout cela me concerne-t-il ? Mais je n'ai pas de réponse. Je ne sais plus. J'ignore ce qu'il restera de tout ça mais au fond, rien ne me blesse comme de ne plus avoir la confiance de mon mari. Il est persuadé que je l'ai trahi, qu'on lui a caché quelque chose, un secret de famille honteux, alors que nous ne savions rien, si tant est qu'il y ait eu quelque chose à savoir. Depuis un mois je le découvre et je ne le reconnais plus. C'est terrible, on passe des années auprès de quelqu'un, avec lui, et puis un jour on s'aperçoit qu'on ne sait même pas qui il est. Finalement, qu'est-ce que je sais de sa solitude, de ses angoisses et de ses peurs ? Rien. Je sais juste qu'il attend fébrilement un télégramme qui ne vient pas et que cette attente le rend… Vous savez ce qu'il m'a dit ? Un soir où l'on avait eu des mots, il m'a dit : "Vous êtes le chagrin de la France." Vous vous rendez compte ? À quelle extrémité un homme doit-il être parvenu pour dire une chose pareille à sa femme ? J'en étais effondrée. Voilà, François-Marie, vous devez penser que je suis folle, mais je vous ai parlé comme on écrit une longue lettre à un ami. »

Ce que parler veut taire, voilà à quoi il pensait alors. Ce dont on ne peut parler, c'est cela qu'il faut dire.

Ils restèrent muets de longues minutes, c'était un de ces rares instants dont on sait au moment où on les vit qu'ils laisseront une empreinte bien plus forte que des années sans intérêt. À ce moment précis de leur histoire, ils ne faisaient plus qu'un, mais lequel ? Quand ils se levèrent enfin, elle sembla légèrement vaciller, l'effet du vin probablement, à moins qu'en se délivrant d'un fardeau trop lourd à porter elle ne se soit déséquilibrée tant elle avait mis de force à avouer ses faiblesses. Tandis qu'il abandonnait un billet et quelques pièces sur la table, elle le regarda en esquissant un léger sourire, puis tendit les mains vers son cou pour redresser le col de sa veste, en un geste qui à son insu trahissait ses sentiments plus que tout autre et réduisait sa discrétion à néant.

Quelques petits groupes de séminaristes fumaient en bavardant dans le grand salon de l'hôtel où un pianiste de jazz remplissait son office. Pour faire bonne figure, Inès de Chemillé se mêla à eux tandis que Samson préférait rejoindre la salle de billard qui prolongeait la pièce. Un billard français, par bonheur. Seul le tapis vert était fortement éclairé, les canapés qui l'encerclaient demeurant dans un doux clair-obscur. Il fit ses gammes pendant une demi-heure, réminiscence de ce qu'il avait appris jadis à l'académie de l'avenue de Wagram.

« Pas mal ! »

Inès, le grain de sa voix, son accent si distinct, ses mots à elle. Manifestement, le séminaire était allé se coucher, à moins que certains se soient discrètement rendus en ville du côté du casino. Pas elle, qui semblait apprécier les finesses du jeu en amateur.

« Vous connaissez ?

— Ça vous surprend, n'est-ce pas ?

— On n'a pas l'habitude de voir des femmes jouer…

— *Vous* peut-être, le reprit-elle. Une femme qui a grandi entourée de frères est un peu plus qu'une femme. Mon père leur a enseigné le billard comme un art, alors j'en ai profité. Chez nous, à la campagne, on jouait après les repas au motif que ses médecins le conseillaient à Louis XIV pour faciliter la digestion. D'ailleurs, jusqu'au XVIIIe, les femmes pratiquaient ce jeu autant que les hommes. »

Tout en lui parlant comme si le roi était effectivement son cousin, elle avait posé ses mains de part et d'autre du rebord de la table. Ainsi penchée vers lui, elle laissait deviner dans son décolleté des seins fermes et lourds, et sa cambrure annonçait sa croupe de telle manière que même un champion de billard en eût été déstabilisé.

Jamais la gestuelle de ce jeu ne lui était ainsi apparue dans toute sa charge érotique.

«Attention à votre main, une boule risque de la heurter.

— On dit une bille plutôt qu'une boule. Je peux ?

— Ça va être difficile, dit-il en avisant le ratelier vide suspendu au mur. On dirait qu'il y a pénurie de matériel.

— Passez-moi votre... canne, dit-elle de l'autre bout de la table en tendant la main.

— Mais ceci n'est pas une canne... »

Sourire contre sourire, malice contre malice, lequel céderait le premier, tout le jeu de la séduction réciproque, le sel de la vie amoureuse.

«Je sais. Je le sais parfaitement... Passez-la-moi ou faudra-t-il que je vienne la chercher ? »

Il la fit rouler sur le tapis vert. Inès s'appliquait. Elle prit tout son temps pour faire coulisser la queue entre ses doigts, en mouler puis en frotter à plusieurs reprises avec un dé de craie bleue la petite rondelle de cuir fixée à son extrémité, la faire glisser lentement à nouveau entre ses phalanges expertes au milieu de sa main posée en chevalet sur le tapis. Dans un tel exercice, un joueur recherche d'abord le meilleur équilibre dans la prise en main du fût afin que la flèche permette au procédé qui la termine le tir le plus rectiligne ; puis il se concentre généralement sur le bout de sa queue et sur les billes qu'il vise ; Inès, elle, y ajoutait une troisième dimension, au risque de tramer le tapis : les regards furtifs qu'elle jetait vers Samson pour tester l'effet de sa sensualité. Rarement l'observation du limage, ce va-et-vient de la queue entre les doigts avant un carambolage, avait éveillé de telles pulsions en lui. Un coup, deux coups, trois coups, elle était partie pour conserver la main pendant une série, toute la technique y passait et pas seulement les rétro, coulés et massés, contres et rencontres, son père n'avait pas été un mauvais maître. Jusqu'à ce qu'elle touche la bille à faux, la poussant au moment où elle allait toucher l'ivoire d'une autre bille.

Samson en profita pour rapporter du bar, juste avant qu'il ne ferme, deux verres de forme ronde et galbée et une bouteille d'eau-de-vie d'un ambré soutenu.

«Vous ne trouvez pas qu'on a trop bu ce soir? fit-elle en posant une fesse sur le bord de la table. Le Léman a un petit air d'océan...»

Pour toute réponse, il lui tendit son verre, non, ne plongez pas votre nez dedans, vous allez l'anesthésier, gardez-le à bonne distance en faisant tourner l'armagnac pour conserver toutes vos sensations aromatiques, n'avalez pas avant de l'avoir fait rouler sur tout le palais, voilà. Tout en poursuivant sur la nécessaire franchise de l'attaque en bouche, il s'approcha tant qu'elle plaça instinctivement la queue entre ses jambes tel un dérisoire garde-fou car seuls leurs mentons en souffrirent en heurtant le procédé, mais c'était trop tard, leurs lèvres s'effleuraient déjà avant de se mordre. Quand elles se lâchèrent enfin, elle fut prise d'un fou rire, une belle tache de craie bleue étant apparente sous le menton de Samson au moment où il vida son verre. Rien ne pouvait l'exciter comme cette effronterie. La queue roula sur la moquette tandis qu'en se dérobant à ses nouvelles morsures, Inès se retrouvait allongée sur le dos à même la table de billard, assiégée par ses pulsions, plus violemment offerte sous cette lumière crue qu'elle ne l'avait jamais été dans un lit à peine éclairé par le rai sous la porte de la salle de bains, sa robe n'y résisterait pas d'ailleurs elle n'y résistait déjà plus, Inès tenait encore son verre en équilibre instable d'une main tandis que l'autre saisissait les cheveux de Samson en prétextant de s'y accrocher, s'imaginait-il qu'elle attendait d'une étreinte sauvage qu'elle la purgeât de ses passions, en tout cas il la pénétra de manière si intense et désordonnée que les billes carambolèrent de l'autre côté, ils ne sauraient jamais la durée de cette violence à l'issue de laquelle elle finit par lâcher son verre, laissant d'ultimes gouttes se répandre sur un tapis de feutre qui en avait vu d'autres mais probablement pas dans une telle atmosphère, elle étouffait difficilement ses cris en se mordant la main gauche tandis que de l'autre elle plantait ses ongles dans le cou de Samson, tant pis pour les traces toute précaution lui était inutile désormais, ses deux mains étaient descendues jusqu'à son cul harmonieusement musclé qu'elle flattait dans le rythme si bien cadencé de sa fouille, ils tinrent ainsi un temps fou probablement, il ne lui laissait aucun répit, jamais nul ne l'avait prise de cette manière tout à la fois en public et en privé, ce qui ajoutait encore à l'excitation, c'était si bon que cela ne ressemblait à rien, si seulement cela pouvait ne jamais s'…

« Arrêtez ! »

Soudain, elle s'était relevée, dressée et réajustée, en lançant des regards inquiets vers l'enfilade des salons, où elle avait cru apercevoir des silhouettes, probablement une fausse alerte. Encore essoufflée, elle se retourna en se frottant à lui, fit mine d'attraper et de lancer la rouge sur le billard pour se donner une contenance, mais sans même chercher à interpréter son attitude il remonta à nouveau sa robe, la cambra d'autorité sur la table, la saisit fermement par les hanches et reprit dans son dos la conversation interrompue de leurs corps.

Toutes les obscurités n'ont pas le même silence.

Deux verres plus tard, ils étaient affalés sur l'un des canapés de la salle de billard, plongés dans une pénombre qui dissimulait le grand désordre de leur allure. Ils restèrent ainsi, enlacés et silencieux, jusqu'à une heure suffisamment avancée de la nuit pour qu'il suggère et si on allait dormir dans ma chambre ? Pour toute réponse, elle émit des soupirs, expression physiologique de l'abandon suprême, puis se détacha de son torse, dont elle avait fait un coussin, pour glisser le long de son corps, s'agenouiller tout en déposant de la salive dans la paume de sa main, sortir sa queue et le branler avec une régularité de supplice chinois. Le visage tout près de son sexe, entièrement absorbée par sa contemplation, elle ne quittait le membre des yeux que pour constater dans le regard de Samson l'impact de son doigté. Quand il comprit

178

que son plaisir tenait aussi à cette légère distance maintenue jusqu'à l'insupportable avec une infinie maîtrise de soi, il en fit autant, allongeant son bras entre les cuisses d'Inès et, la main glissée dans son slip, alternant de douces caresses de son sexe avec un massage méthodique du clitoris tandis que leurs langues jouaient à s'effleurer ; puis, comme pour approfondir le dialogue des muqueuses, ils échangèrent leurs places et il enfouit si rapidement sa tête entre ses cuisses que toute à sa surprise elle s'abandonna dans l'instant à la souveraine autorité de l'apex de sa langue, s'oublia ainsi un long moment, les mains dans ses cheveux, laissant plusieurs séismes consécutifs traverser son corps.

Lorsqu'il émergea de leur colloque de papilles, elle paraissait inerte. Son sourire précéda son retour à la vie quand il lui prit le visage entre les mains.

« Vous ne croyez pas qu'on ferait mieux de monter ? risqua-t-il en lançant un regard vers la baie vitrée qui donnait sur les salons. Ils vont rentrer du casino, quelqu'un pourrait nous voir, je me demande pour qui le pianiste joue encore, vous entendez ? on dirait *As Time Goes By*...

— Je n'ai pas envie de vous quitter, pas déjà.

— Mais qui parle de se quitter ? On ne va tout de même pas faire chambre à part, ce serait...

— Si, justement. C'est plus fort que moi mais, voyez-vous, comment dire, je ne peux me résoudre à tromper mon mari, moralement cela me serait intolérable.

— Mais…

— Je sais mais ce n'est pas la même chose, si nous en restons là pour ce soir, si nous ne passons pas la nuit ensemble, je n'aurai pas le sentiment d'avoir couché avec un autre homme. Vous m'avez redonné goût à une drogue dont je ne soupçonnais plus depuis longtemps le délicieux empire mais je n'ai pas avalé la fumée, alors, faites-moi plaisir, allons dormir mais pas ensemble… »

Aussitôt dit elle se leva et retira ses chaussures, qu'elle tint nonchalamment à deux doigts pardessus l'épaule. Quand ils passèrent devant le piano, le musicien les salua d'un sourire et écourta le morceau avant de rabattre le couvercle sur le clavier. En arpentant les salons vides faiblement éclairés par une veilleuse, ils se surprirent à marcher main dans la main, geste d'une douceur qui conférait toute sa légèreté à leur drôle de nuit. Il en profita pour s'ouvrir d'une requête, Inès, une chose encore, pourrait-on se tutoyer, ce serait tellement plus intime, François j'aimerais mieux pas, c'est mieux ainsi car c'est ainsi que je vous aime, et puis ça ne se fait pas, ce qui ne manquait pas de sel quand il songeait à ce qu'elle venait de faire, s'il osait il lui demanderait faudra-t-il que je vous encule pour que vous cessiez enfin de me voussoyer ? mais non car ça non plus ça ne se fait pas, du moins si ça se fait ça ne se dit pas.

En la quittant à la porte de l'ascenseur, il comprit que désormais, chaque fois qu'il penserait à cette femme, il se la rappellerait à s'en mordre les veines. Quand ses paroles lui reviendraient à l'esprit, sa mémoire en ressusciterait jusqu'à l'émail des mots. De cet instant il voulut être son fanatique.

Qui dira jamais le bonheur d'être secrètement aimé, et la souffrance de s'interdire la fierté de cet amour. Ignorer cela, c'est tout ignorer des sentiments.

Le lendemain matin, il la chercha en vain dans la petite foule du symposium. Impossible qu'elle l'ait déserté, ce n'était pas son genre, trop professionnelle pour profiter d'une indisposition, trop consciencieuse pour faire un parcours de golf. Légèrement inquiet, il interrogea l'une de ses collaboratrices assise juste à côté de lui pendant la première communication. Pas son genre, en effet, mais ce qui l'est en revanche, c'est d'assister à la messe, nous sommes dimanche, monsieur Samson, et il y a une église après le parc à la sortie de l'hôtel, c'est ce qu'elle murmura en prenant garde de ne pas trop le confondre dans sa balourdise, et comme elle semblait coopérative, il se risqua plus avant :

« Parfois déroutante, votre patronne, vous ne trouvez pas ?

— Non, en tout cas pas avec nous, mais vous pensez à quoi ?

— Il m'est arrivé de lui parler à l'oreille et de ne pas obtenir de réponse, observa-t-il. Avouez…

— Ça, ce n'est rien, je veux dire que ce n'est pas grave, bien que ce soit une des clefs de sa personnalité. Une oreille morte, vous ne saviez pas ?

— Une quoi ?

— L'un de ses deux tympans n'a jamais fonctionné, je ne sais plus lequel. Quelque chose d'héréditaire et congénital. Elle n'entend que d'un côté, ce qui n'est pas vraiment un facteur d'équilibre. Mme de Chemillé ignore la stéréo, elle a un côté ombre et un côté soleil, c'est son énigme. »

Il n'avait pas besoin de ça pour l'aimer, mais ça la rendait plus aimable encore. Plus il découvrait ses faiblesses, plus il se rapprochait d'elle.

Il quitta discrètement la salle de réunion pour se rendre à la chapelle. Elle était pleine, ce qui ne manqua pas de l'impressionner. Lui qui n'avait pas mis les pieds dans un lieu de culte depuis qu'il avait été baptisé par inadvertance, il découvrait la solidité de cette France-là discrètement unie dans la communion. La foi ne l'avait jamais effleuré sous quelque forme que ce fût, cela devait se remarquer, à en juger par ceux qui se retournaient sur son passage, mais il n'y avait nulle trace d'hostilité dans leur regard, juste de la compassion pour la tristesse de l'homme sans Dieu.

Adossé contre le mur du fond, il observait Inès agenouillée loin devant près du pilier. Le vitrail latéral semblait n'avoir été peint que pour entourer le profil de sa silhouette d'un halo divin de pourpre léger et de bleu de lin. Jamais comme en cet instant ses traits n'avaient paru exécutés au pinceau par un miniaturiste inspiré. Il la voyait alors si pathétique dans sa solitude qu'elle ne lui semblait pas seulement touchée par une sorte de grâce, elle était la grâce même, échappée du groupe de personnages et tombée du vitrail. À la fin de la cérémonie, quand elle se retira, elle ne put éviter de croiser son regard. Gênée qu'il découvrît ses yeux humides, elle durcit ses traits dans l'instant et releva le menton tandis qu'il baissait le sien, gêné à son tour d'avoir violé son intimité en forçant son mystère.

De toute façon, on ne se regarde plus de la même manière du jour où l'on s'est chevauchés et pénétrés, même si l'on ne s'est pas réveillés dans les mêmes draps froissés. À la manière dont Inès s'était donnée à lui, à la sensualité qu'elle avait exsudée cette nuit-là par tous les pores de sa peau, Samson comprenait qu'elle était mariée à un homme qui l'emmenait sans l'emporter, et la tenait sans la prendre. Ce n'était pas qu'une question d'orgasmes, de jouissance ou de plaisir. Elle n'avait pas été caressée depuis longtemps. Seules les caresses redonnent la sensation de leur unité aux morceaux d'un corps. L'invisible tracé qu'elles dessinent sur la peau est un concentré de vie. En la touchant longuement, il avait accédé à son véritable domaine réservé, là où l'incommunicable se partage enfin.

Dans le train du retour, ils s'évitèrent. Surtout ne rien gâcher de ce qu'ils avaient vécu. On peut détester l'autre d'en avoir tant besoin.

De ce jour il devint son secret.

Rentré à Paris, il n'entendit pas parler des Chemillé pendant plusieurs jours. Reprendre l'initiative sans motif eût paru indélicat ou suspect. Il n'y avait plus qu'à attendre, même si l'attente menaçait de se dégrader en délire.

Des nouvelles indirectes lui étaient parvenues grâce au docteur Angeloff, l'ami auprès duquel il avait recommandé Inès et son fils, un de ces psys dont l'agenda était complet six mois à l'avance et qui fixait avec beaucoup de naturel des consultations le samedi à 23 heures ou le dimanche à 8 h 20 en s'étonnant qu'on s'en étonne. Il saura écouter Sixte, avait assuré Samson à sa mère, et c'était vrai, le contact avait été immédiat entre eux mais, sans trahir le secret professionnel, le médecin était convenu un soir en bavardant avec Samson qu'il avait été suffisamment intrigué, inquiété, voire perturbé, pour bousculer son emploi du temps afin de recevoir Sixte le plus souvent possible. Car cet enfant qui n'en était plus vraiment un subissait quelque chose d'assez grave pour justifier tout ce dérangement. On n'en saurait pas plus puisque les sévices sur enfants étaient la seule exception au secret prévue par l'article 47 de son code de déontologie. Angeloff se permit juste d'ajouter que décidément les psychiatres n'avaient pas la tâche facile quand ils se trouvaient au croisement de la protection de la société et de la défense de l'individu.

Paris s'enfonçait dans décembre. Le métro connaissait des retards répétés, inusités en temps normal, mais le temps des fêtes n'était pas normal. Pour beaucoup, ce mois maudit portait en lui toute la mélancolie du monde, avec son cortège de déprimes, dépressions et dépressurisations de l'âme. Louées soient-elles ! Rien de tel que le spectre de l'insatisfaction et le sentiment de l'in-accomplissement pour se cuirasser contre l'arrogance.

Le mot n'était évidemment jamais prononcé dans les haut-parleurs mais chacun y pensait. Il ne fallait pas être grand clerc pour deviner ce que ces « accidents de voyageurs sur la voie » signifiaient. Près de cent cinquante suicides par an dans le métro, un peu moins de la moitié dans le aireuair, avec trois pics entre Noël et le jour de l'an, au moment des changements de saison et quand l'avis d'imposition tombait dans les boîtes aux lettres. Samson avait du mal à imaginer qu'on pût opposer la grandeur définitive de la mort volontaire à une sanction aussi triviale que le tiers provisionnel. Lui s'était longtemps contenté de jongler avec les pénalités de retard en espérant d'improbables remises de peine. Et quand son entourage le traitait d'irresponsable, il s'en allait en répétant que sa feuille d'impôts était tellement drôle qu'elle en était impayable. Mourir pour ça ? On mourait pour ça à Paris à la charnière du xxᵉ et du xxiᵉ siècle, par désespoir de ne jamais trouver d'issue.

Un soir qu'il attendait la rame à Gare-de-Lyon, l'une de ces stations de grandes gares qui figurent au plus haut sur l'échelle de Richter de la détresse humaine, assis sur un banc aux côtés d'un homme qui semblait laminé de chagrins, il fut pris de panique en le voyant se diriger d'un pas résolu vers le tout début du quai, lieu de prédilection des candidats au suicide ; c'est là que le convoi roule encore à pleine vitesse, le choc est violent à 45 kilomètres/heure, les dégâts irréversibles, quand on veut vraiment en finir il faut penser à tout, à la vitesse de la motrice lancée à l'entrée de la voie comme à la force des courants sous les ponts.

Samson savait tout ça mais ignorait pourquoi il le savait. Dommage, car on ne se penche pas innocemment sur ce genre de détails. Comment avait-il appris que dans de nombreux États d'Amérique le désespéré qui se rate écope aussitôt d'une peine de trois à cinq ans de prison puisque le suicide y est considéré comme un délit ? Combien d'usagers du métropolitain savent qu'en cas d'impact avec un candidat au suicide une procédure spéciale est aussitôt mise en place pour soutenir le conducteur ? qu'un gradé de la airatépée est immédiatement dépêché sur les lieux pour l'empêcher de regarder le cadavre écrasé ? que des psychologues lèveront sa culpabilité pour mieux lui faire admettre cette vérité complexe qu'on peut avoir été l'instrument du suicide d'un tiers sans en être responsable, et tenter de lui faire oublier qu'il demeurera à jamais le dépositaire du dernier regard et du dernier sourire de l'inconnu qui n'arrivait plus à vivre.

Samson savait tout ça mais ignorait pourquoi il le savait, de même qu'il savait qu'après avoir vécu de tels drames, les conducteurs obtenaient plus facilement une affectation sur « sa » ligne, la 6, Nation-Charles-de-Gaulle - Étoile, celle qui permet de temps en temps de quitter les ténèbres pour la lumière ; il savait que leur hantise des fameux pics fatidiques s'augmentait depuis peu d'un phénomène aussi nouveau qu'immaîtrisable : ces gens qui traversaient les voies pour fuir un contrôle inopiné, pour défier quelqu'un ou simplement parce qu'ils s'étaient trompés de correspondance, il y en avait désormais tous les jours, à croire que ces inconscients s'étaient donné le mot au risque de se donner la mort. Il savait aussi comment les conducteurs entre eux nomment la manette de sécurité qu'ils doivent activer régulièrement, sans quoi le train s'arrête, ils l'appellent « l'homme mort ».

Ce soir-là, à la station Gare-de-Lyon, l'inconnu ne se tua pas.

Sans qu'il y ait de relation de cause à effet, mais sait-on jamais, dès le lendemain Samson appela Inès de Chemillé à son bureau. L'une de ses assistantes répondit qu'elle n'était pas joignable, pas vraiment en réunion ni tout à fait en voyage, et, embarrassée par son insistance, finit par admettre qu'elle avait pris quelques jours de repos. Il téléphona alors au domicile des Chemillé mais là le barrage s'avéra plus efficace. Écrire ? Trop risqué. Attendre, alors. Mourir, dormir, rêver peut-être mais attendre à s'angoisser, à en perdre le sens des proportions. La routine de son cabinet le sauvait d'un désœuvrement qui l'aurait enfoncé plus encore dans l'angoisse.

Il ressassait son dernier échange avec Inès dans le hall de l'hôtel à Évian le jour du départ, des paroles qui se voulaient discrètes quand chacun s'affairait à étiqueter ses bagages. Le regard clair mais l'humeur charbonneuse, elle lui avait fait une remarque acide sur sa présence le matin à l'église, comme s'il avait imaginé surprendre la pénitente en plein sacrement de Réconciliation en rémission de ses péchés ; le mot « espionnage » l'ayant fait pouffer, il n'avait pu s'empêcher de se demander à voix haute si elle était folle, comme on demande l'heure, et elle avait mal réagi à ce qui n'était qu'une façon de parler. Samson savait pertinemment que dire sérieusement d'une personne qu'elle est folle, c'est se débarrasser à bon compte de l'inquiétude qu'elle suscite, pas son genre, vraiment pas, n'empêche que depuis il ne cessait de se reprocher ce mot qu'il aurait dû garder sur le bout de sa langue, le mot de trop.

Inès, ce n'était pas une case qui lui manquait mais quelques chapitres de son roman familial. On l'aurait dit désorientée, mais c'eût été impropre car elle recherchait moins un orient imaginaire que son occident intérieur. Plutôt désoccidentée. Il aurait voulu lui expliquer, lui dire que son équilibre nerveux paraissait compromis, la folie dont on peut faire une conversation n'est pas la folie, juste une petite folie domestiquée bien propre sur elle, c'est à peine si elle relève de la pathologie tant elle est bien élevée, pas la folie des fous en camisole crasseuse, rassurez-vous, pas question de réclamer un audit sur votre santé mentale, mais cela ne l'aurait certainement pas rassurée, tant mieux s'il ne lui avait rien expliqué, un mot de trop reste un mot malheureux que tout autre mot enfonce un peu plus dans la maladresse.

N'empêche, l'attitude et les paroles d'Inès trahissaient l'angoisse de celle qui a peur de quitter la page pour tomber dans la pliure.

Quand l'un de ses correspondants de province lui fit parvenir de nouveaux documents d'archives relatifs aux Créanges de Vantoux, il sauta sur l'occasion pour reprendre contact avec Tanneguy de Chemillé. Ils se retrouvèrent un soir au bar de l'hôtel Lutétia, un endroit aux lumières si subtilement tamisées qu'on devait y demander une lampe de poche en même temps que l'addition. La conversation roula sur la volonté affichée de son ministre de disposer enfin d'une machine parfaitement huilée et, comme c'était un mercredi, il paraissait heureux et soulagé d'avoir survécu au fameux conclave hebdomadaire au cours duquel le patron du Quai réunissait les directeurs du Département pour dresser le bilan de la semaine écoulée. Au détour d'une remarque, il révéla que le conseil des ministres tardait à confirmer sa nomination mais qu'il fallait simplement s'armer de patience, rien d'inquiétant. Samson lui remit alors un dossier contenant des photocopies d'archives.

«Voilà de quoi confirmer mes intuitions, mais peut-être pas les vôtres, fit-il d'emblée.

— Ne croyez pas ça, cher ami, murmura Chemillé, vous n'imaginez pas à quel point votre aide m'est précieuse.

— Il s'agit bien toujours de reconstituer leur arbre généalogique ? risqua-t-il.

— Naturellement, mais il n'y a pas que cela. »

Une certaine gravité put alors se lire sur le visage du diplomate. Il observa alentour le petit monde des écrivains, éditeurs, critiques et attachées de presse du quartier, qui avaient leurs habitudes dans ce bar ; son ambiance délicatement feutrée contrastait avec celle, si indiscrète, de la lumineuse rotonde toute proche plutôt fréquentée par des étrangers. Après s'être assuré que nul ne leur prêtait attention, il approcha son fauteuil de celui de Samson. Posé sur la table entre leurs verres, le dossier demeura fermé, preuve que l'enjeu dépassait de loin cette recherche. Alors Tanneguy de Chemillé parut perdre de sa superbe, non comme un homme à qui les circonstances la retirent mais comme un homme qui renonce à ses défenses pour s'alléger d'un fardeau devenu trop lourd et respirer un air moins vicié. Le ton qu'il adopta d'emblée était celui de l'aveu, marqué du sceau de la sincérité la plus désemparée. La situation avait congédié protocole, précautions et bonnes manières. Avec sa tête de confident, Samson n'y échapperait pas.

« Ça ne se voit peut-être pas, mais depuis quelque temps je vis une véritable épreuve. On se connaît peu, vous et moi, et depuis peu de temps, mais par votre enquête vous avez donné de si profonds coups de sonde dans ma mémoire que vous m'êtes, comment dire, très familier. Que cela reste entre nous naturellement, mais Inès m'inquiète terriblement. Elle dérape, elle en souffre, et nous tous avec. Elle est en pleine quête d'identité mais elle s'est mise dans un tel état que cela tourne à la folie. Je voudrais tellement l'aider, j'espère que cet arbre généalogique aura au moins cette vertu. Comprenez-moi bien, elle vit des dysfonctionnements inexplicables avec une effrayante lucidité sur son état. Et moi, je suis désarmé face à ce genre de situation, je suis impuissant, je n'ai pas l'habitude de…

— De quoi ? risqua Samson.

— De la maladie mentale, je ne vois pas comment appeler cela autrement. En plus, maintenant, elle se projette sur Sixte, vous vous souvenez de notre fils cadet, et ça prend des proportions inouïes, elle se sent responsable de son état, elle se culpabilise, mais de quoi mon Dieu, de quoi je l'ignore… L'un de mes amis médecins m'a parlé d'un "syndrome de Munchaüsen par procuration", j'ignorais même que cela existât, je suis allé vérifier dans un ouvrage spécialisé et effectivement, cela y ressemble, cette tendance à fabuler non sur ses propres maladies mais sur celles qu'elle prête à notre fils…

— Et les ordonnances ? Je veux dire : que pensez-vous de l'attitude des patients vis-à-vis des prescriptions médicales en fonction de leur religion ?

— Mais, François, de quoi me parlez-vous ? Qu'est-ce que c'est que cette histoire d'ordonnances, franchement je ne vois pas ce que ça vient faire…

— Non, rien, ce n'est rien, pardonnez-moi… »

La conversation se poursuivit encore une dizaine de minutes, jusqu'à ce qu'ils se séparent devant la porte à tambour de l'hôtel. De ce flot de paroles, Samson retint une expression qui dès lors l'obséda, « état limite ». Tanneguy avait bien prononcé d'un même souffle ces mots-là, dans cet ordre-là, mais sans préciser s'il en usait au sens commun ou dans l'acception que lui accordent la médecine de l'esprit autant que celle du cerveau. Tout s'embrouillait et il ne savait plus si Chemillé avait ainsi désigné l'état de sa femme ou celui de son fils, les deux peut-être.

Difficile de donner tort au diplomate, malgré l'attirance que Samson ressentait pour sa femme. À la réflexion, le récit qu'il venait d'entendre éclairait les étranges réactions d'Inès, si étranges qu'il avait renoncé à les déchiffrer. Il lui revint ainsi qu'une fois, après qu'il lui eut proposé de la contacter par l'internet, elle avait sursauté, craignant d'avoir mal entendu et confondu avec « internée », excusez-moi mais j'ai toujours eu peur de me faire enfermer, elle avait lâché ça avec ce naturel qui la rendait irrésistible. Ils n'en avaient plus reparlé.

Ce soir-là, Samson invita impromptu sa mère dans un restaurant de fruits de mer, fit un crochet par une salle d'art et d'essai du quartier Latin pour s'assurer que le temps n'avait pas prise sur *Le troisième homme*, attendit la fermeture d'un café dont l'arrière-salle était accueillante aux joueurs d'échecs, tous les prétextes étant bons pour différer son retour. Il n'arrêtait pas de ne pas rentrer chez lui.

Mais pourquoi faudrait-il que tout se conforme toujours à la stupide alternance du jour et de la nuit ?

Vers cinq heures, ses pas finirent par le porter du côté du XVe arrondissement, légèrement épuisé mais sans regrets, car le grand désert urbain prend alors une dimension mythique. On voit la ville comme jamais, les façades d'immeubles se laissent plus facilement pénétrer car tout y est frappé du sceau de l'intimité, cette silhouette penchée sur des livres, un étudiant probablement, de faibles lueurs dans une cuisine où chauffe déjà le café, un plafonnier qu'on a oublié d'éteindre dans un couloir, on pourrait capter le chuchotement des voix émergeant d'un demi-sommeil et humer les odeurs intimes du petit matin.

Dans la rue, il croisa des jeunes encapuchonnés longeant le trottoir en file indienne, un tournevis à la main, un couple de quadragénaires se séparant à regret devant une porte avec un parfum d'illégitimité dont témoignaient leurs chevelures ébouriffées, des femmes de peine étrangères s'apprêtant à nettoyer des bureaux, des personnages au statut indéfini fouillant dans des caisses abandonnées, des gardiennes en pantoufles et robe de chambre traînant des poubelles, des employés de La Poste à l'uniforme improbable pas pressés d'y aller, des titubants qui avaient du mal à retrouver le code d'accès à leur immeuble, la vie de l'aube juste avant la vie de tous les jours quand tout paraît encore en suspens dans une atmosphère ouatée, ces rares instants de l'entre-deux où la parole se lève avec la lumière.

À la manière dont il choisit instinctivement son fauteuil plutôt que son lit, Samson sut que la fin de la nuit aussi serait blanche, et la journée noire. Incapable de fixer son attention, il referma plusieurs fois le livre qu'il tenait entre les mains, écouta de la musique, alluma la radio, autant de faux-semblants qui ne le trompaient pas longtemps. La présence évanescente d'Inès l'envahissait, son odeur musquée, le grain de sa voix, son sexe humide, son souffle dans le cou. Impossible de s'en défaire.

Malgré le froid, il ouvrit la fenêtre. L'orgueilleux donjon du square Alboni se dressait au loin, toutes lumières éteintes, dans son rétroviseur de balcon. Un autre monde juste de l'autre côté du pont. La voie de chemin de fer était leur trait d'union. Vue du viaduc, l'humanité se divisait entre ceux qui ont un double vitrage et ceux qui n'en ont pas. Le métro aérien avait repris sa course. Il était environ six heures.

Ce jour-là il se sentit comme jamais déchiré entre des vérités dissemblables et des sentiments contradictoires. Plus il pesait les paroles et les attitudes d'Inès et de Tanneguy au trébuchet de sa propre logique, moins il distinguait la cohérence de l'histoire qu'il vivait depuis le soir de leur rencontre. Leurs monologues relevaient plus de la confidence que du *confiteor*, mais quelle sorte d'absolution profane pouvaient-ils bien entendre

194

venant d'un type comme lui ? Quand une lueur surgissait dans leurs zones d'ombre, elle l'entraînait aussitôt dans un labyrinthe. L'essentiel était de ne pas se laisser piéger par le sombre désir d'un cœur mélancolique. Surtout éviter de faire du moindre détail un symptôme. À trop interpréter, il craignait de perdre sa capacité de discernement, et son équilibre dans le jugement, toutes qualités qui l'avaient souvent tiré d'un mauvais pas. Qui croire, d'elle ou de lui ? Chacun des deux le prenait à témoin, mais de quoi ? Et s'ils le manipulaient de concert pour un enjeu qui le dépassait ?

Après tout, s'il en savait beaucoup sur eux, il ne connaissait pas l'essentiel. Rien ne lui avait échappé de leur naissance, mais il ignorait à quel âge ils étaient nés, de quelle rupture souterraine dataient leurs vies intérieures, à compter de quel secret bouleversement leur existence avait vraiment commencé. Leur mariage donnait l'impression d'être vécu comme un drame ordinaire ordonné tel un chant profond.

À force de ressasser, il se laissait gagner par la nausée. *État limite*, les deux mots ne le lâchaient pas, il en était hanté. La vie l'avait jusqu'à présent préservé d'une expérience qui ne pouvait être qu'une épreuve, mais l'un de ses proches amis lui avait suffisamment raconté son calvaire pour qu'il prît cela au sérieux, les scènes continuelles, la violence à tout propos, l'incohérence du discours, les dérapages permanents de la logique, les enfants pris à témoin au mépris des traumatismes à venir, et, le plus terrible peut-être, l'incompréhension des autres, incapables d'imaginer ce que cela peut être de s'accommoder quotidiennement de la maladie mentale quand elle refuse de se déclarer comme telle, leurs jugements abrupts prononcés sans appel comme s'il s'agissait d'une situation classique, leur incapacité à envisager que la notion même de courage en de telles circonstances prît une tout autre dimension, leur inaptitude à imaginer que leurs valeurs n'aient plus cours dans ce no man's land de l'âme où l'on ne s'aventurait jamais sans dommage, cette injustice de la société qui lui rendait l'existence encore plus difficile, l'insupportable mot de trop murmuré dans le dos avant d'être balancé en pleine figure, lâche.

Dans ce monde parallèle à celui de la raison raisonnable, le courage consistait à ne pas avoir peur d'avoir peur, mais pour comprendre ça il fallait être soi-même un peu atteint.

Il consulta le dictionnaire : état de choc, état second, état de grâce, état d'esprit, état d'âme, état de conscience, état critique, on tournait autour mais on n'y entrait pas. Le souvenir d'une étude de *Toubib News* lue dans l'escalier lui rappela de vagues notions à peine entrevues, celle de cas dits *borderline* décrivant des troubles mentaux à la frontière entre névrose et psychose, l'article évoquait des symptômes tels que l'hypersensibilité aux remarques et une grande insécurité intérieure, mais cela ne lui suffisait pas, il lui fallait aller plus loin, trouver des informations plus précises. Seul un dictionnaire de psychiatrie pourrait satisfaire sa curiosité, mais qui a chez soi une chose pareille à part des médecins ou des malades?

Huit heures et trente-cinq minutes, un moment tout à fait convenable pour appeler l'indispensable Angeloff, lequel devait en être déjà à sa quatrième consultation de la journée. Au ton de la voix de l'assistante, il comprit que quelque chose venait de se passer, comment vous ne saviez pas, le docteur est décédé il y a quelques jours, les détails des obsèques sont dans le «Carnet» du *Figaro*, pardonnez-moi il y a un double appel, de toute façon dans ces moments-là on n'ose pas demander quand ni comment, on subit le choc en silence. Ce vieil Angeloff, incroyable! enfin, pas si vieux puisqu'ils s'étaient connus sur les bancs de la terminale, ne fumait rien, ne buvait que de l'eau même pas gazeuse, un peu de vélo le dimanche, travaillait beaucoup mais en principe on n'en meurt pas, et, d'un coup, terminé, ficelé, emporté.

Il y avait foule au crématorium du Père-Lachaise. Plus de malades que de confrères, il se murmura même que l'un d'entre eux avait indûment enfilé une blouse blanche, s'était fait passer pour un praticien hospitalier et avait réglé la circulation autour du lit d'Angeloff pendant les quelques jours que dura son agonie car il voulait l'aider comme lui l'avait aidé. Au psychiatre qui les a sauvés du chaos de la vie les patients reconnaissants! Cela rendait le rituel de la crémation moins désincarné, surtout depuis qu'on ne voyait plus les flammes.

Ça chuchotait beaucoup dans les travées. Les circonstances ne faisaient grâce d'aucun lieu commun, à croire qu'elles réactivaient même les poncifs, à commencer par le premier d'entre tous en vertu duquel les psychiatres sont naturellement aussi fous que leurs patients, mais dotés en sus d'une conscience de leur perversité qui les rend plus dangereux encore que les malades. Samson n'eut aucun mal à lier conversation pour en savoir davantage sur l'origine de la mort d'Angeloff car s'il y avait bien eu autopsie, comme il l'avait entendu dire, si l'on avait donc éprouvé la nécessité de voir de ses propres yeux, c'est qu'il n'était pas mort d'une rupture d'anévrisme ou de quelque subite surprise du genre. À vrai dire les versions divergeaient et, si la plupart de ses proches parlaient d'un suicide, quelques-uns insinuaient qu'on l'avait aidé, car rien, absolument rien ne laissait prévoir la volonté d'en finir, on n'avait pas découvert la moindre trace écrite d'un désir morbide. Toujours est-il qu'un soir il s'était retrouvé sur les rails du métro, affreusement déchiqueté par la motrice, à la station Victor-Hugo quasi déserte, juste avant le terminus de la ligne, quelle histoire, mon Dieu ! comment peut-on vouloir laisser un tel héritage aux siens, non seulement le poids de la mort volontaire mais le choix de cette mort-là, faut-il avoir épuisé tous les recours de l'existence pour vouloir à ce point perdre la figure ?

Tandis que les haut-parleurs des pompes funèbres diffusaient une *Leçon de ténèbres* de Couperin dont le défunt avait fait son hymne jusqu'à l'inclure dans son répondeur téléphonique, Samson se repassait le film de leur amitié à éclipses. Mais de toutes les images qui l'assaillaient en vrac jusqu'à transformer sa mémoire en kaléidoscope, celle qui supplanta les autres ne fut pas la moins surprenante : Sixte de Chemillé, son étrange expression, sa silhouette se découpant en plongée sur l'énigme au centre du tapis, son mutisme insolite et l'inquiétude qu'Angeloff nourrissait à l'endroit de ce patient sans pouvoir en dire plus.

Fallait-il qu'il fût obsédé par cette famille pour se laisser à nouveau envahir par son spectre dans un moment d'une si intense intimité. Inès ne pouvait ignorer la cause du décès, elle devait savoir.

Une petite rue du IXe arrondissement. Samson avait retrouvé sans mal l'adresse de l'académie de danse de Mme Filatoff en recollant des réminiscences de bribes de conversation : la petite Pauline, qui en avait parlé devant lui à sa grand-mère, Inès, qui avait évoqué ce professeur si strict dans les horaires et si exigeant dans l'assiduité. Involontairement, Samson s'en était imprégné et ça lui avait suffi. Un don que beaucoup lui enviaient sans soupçonner qu'il lui devenait parfois pesant tant il conservait dans sa mémoire, contre son gré, d'inutiles détails sur des personnes, des événements et des situations qu'il ne croiserait jamais plus.

Un escalier bancal au fond d'une cour menait à un ancien atelier d'artiste qui occupait les deuxième et troisième étages. Une valse de Chopin se précisait au fur et à mesure qu'on gravissait les marches, mais une valse sans cesse interrompue et recommencée. Qu'importe, rien ne l'émouvait comme des notes de musique s'échappant d'une fenêtre ouverte, ça lui avait toujours paru être le comble du romantisme.

Des enfants, plusieurs adolescentes et deux jeunes femmes en collant faisaient leurs exercices à la barre. Mme Filatoff les dirigeait d'une main, d'une canne et d'une voix inflexibles. Au cas où quiconque l'aurait oublié, tout en elle rappelait qu'on n'était pas là pour s'amuser. Sa réputation la précédait pour le meilleur et pour le pire. On la sollicitait moins pour l'artistique que pour la technique, elle passait pour être sans égale pour l'enseignement du placement et de la rigueur du corps. Sur la mezzanine où il se trouvait, seul homme si ce n'était un grand-père perdu parmi une dizaine de mamans et deux nounous, Samson tâchait de se faire discret en se fondant contre le mur d'un jaune pisseux.

Une complicité naturelle s'instaura avec l'autre homme, un habitué probablement, chez qui tout dans la mise, la moustache, le regard et le sourire exprimait une certaine bonté. Il engagea la conversation, vous voyez cette petite fille dans le coin qui arrange ses cheveux, inouï ce qui lui est arrivé, une histoire d'une insondable tristesse, elle est parfaitement au niveau sinon au-dessus mais il ne faut pas trop le dire pour ne pas gêner les autres, elle se pousse toute seule, ses parents ne viennent jamais, ils paraissent indifférents à ses efforts, ou simplement égoïstes, à moins qu'ils ne soient trop préoccupés par les difficultés de leur vie d'émigrés récents, toujours est-il qu'elle avait réussi tous les examens pour l'école de l'Opéra, elle était partie tranquillement en colonie de vacances et le jour de la rentrée, quand elle s'est présentée, on lui a dit vous ne pouvez pas entrer, vous n'êtes pas sur la liste, vos parents ne vous ont pas inscrite, ils avaient oublié, une enfant unique et précieuse, vous imaginez son désarroi et sa solitude, elle a raconté tout ça à ma petite-fille, les larmes aux yeux, elle, en revanche, n'oubliera jamais même si elle n'en a jamais reparlé avec ses parents…

Samson l'écoutait tout en observant le mouvement des yeux des acteurs de ce huis clos. Les regards en plongée exprimaient une compassion d'autant plus pathétique qu'elle était muette, surtout quand l'objet de leur pitié leur renvoyait à la dérobée des regards en contre-plongée qui exprimaient, eux, une certaine détresse. Ça souffrait de part et d'autre, de haut en bas, et de bas en haut. Seule l'échappée du Bolchoï semblait tirer de cette volupté de la douleur une félicité semblable à celle que devaient ressentir ceux qui ont trop lu Dostoïevski dans le texte. La pièce recelait un haut concentré de sacrifice, ça suintait des murs tant c'était l'esprit des lieux, sacrifice matériel de parents qui souvent n'avaient pas les moyens financiers de leur ambition par délégation, sacrifice personnel d'enfants qui souvent n'avaient pas les moyens physiques de leur rêve d'étoile. Ce jour-là, la souffrance paraissait si intense et si également partagée qu'elle dissimulait le plaisir et la grâce, mais Mme Filatoff savait toujours trouver les mots pour expliquer et justifier, une étape nécessaire, la danse comme école de la vie et toute la rhétorique bien connue sur la volonté comme ascèse, sauf qu'elle en faisait une loi d'airain au point que quelques parents commençaient à se demander si elle ne confondait pas la fin et les moyens.

Tant de promesses, si peu d'élues, et à quel prix ! Savait-elle seulement que quand on perd sa jeunesse, c'est pour la vie ? Elle le savait certainement mais c'était sans importance à ses yeux eu égard à la noblesse de l'enjeu.

Au bout de la travée, assise dans le coin, songeuse comme jamais, la tête posée contre la rampe en fer forgé, tout entière captivée par les émotions de sa fille, Inès, sans aucun doute. Dès qu'elle remarqua la présence de Samson, elle s'éclipsa dans un vestiaire au sol jonché de sacs et de chaussures, où il s'empressa de la rejoindre.

Les premiers instants, la gaucherie l'emporta. Les mots et les gestes se bousculaient, hésitant entre le reproche et l'élan, l'excuse et la justification, à quoi bon l'amour sans amitié, mais il était trop tôt ou trop tard pour entrer dans ce genre de considérations, en tout cas ce n'était ni le lieu ni le moment. Instinctivement ils laissèrent parler leurs corps, s'abandonnant à l'agitation des mains. En se jetant l'une sur l'autre, leurs bouches avaient dissipé ce qu'il leur restait d'irrésolution. Quand ils se déprirent enfin, il lui caressa doucement la joue.

« Ça va ? »

Pour toute réponse, elle l'entoura de ses bras à la hauteur des hanches et, fermant les yeux, le serra longuement à l'étouffer. S'il avait jamais douté de sa sincérité, cette étreinte risquée en ces lieux suffisait à dissiper un doute : Inès n'était pas femme à organiser ses mystères. Elle semblait si déchirée qu'elle était devenue une guerre civile à elle toute seule. À de petits signes à peine perceptibles il comprit qu'elle n'aurait plus la force de se dissocier de sa souffrance pour s'en faire la minutieuse observatrice.

« Je sais que vous avez appelé au bureau et à la maison, je le sais, mais je ne pouvais pas... François, je n'y arrive plus. J'ai pris quelques jours parce que je sens que si je ne me rassemble pas, je vais me disloquer. Je sais, vous allez évoquer l'incomplétude féminine, mais non, cette fois il s'agit de désagrégation. Tout se dissout autour de moi, tout ça parce que... Maintenant Tanneguy me rend responsable des problèmes de Sixte, il parle de fatalité génétique tout en sachant pertinemment que quand le soupçon de la maladie héréditaire s'introduit dans une famille, c'est toute la famille qui risque d'être moralement emportée et psychiquement détruite, non par la maladie mais par le soupçon. D'ailleurs ce n'est peut-être pas une maladie, juste un mal. Tanneguy ne le nomme même pas, il dit : « ça ». Il suggère maintenant en société, sur le ton de la boutade naturellement, mais on sait les vérités qu'elles recèlent, qu'il faudrait demander son casier généalogique et médical à son futur conjoint avant de se marier. Il sait pourtant que nos deux familles se fréquentaient déjà au début du siècle et qu'elles se considéraient comme étant du même monde. Alors pourquoi tout ça ? Vous le savez, vous ? J'attends tellement de vous…

— Mais, Inès, dites-moi d'abord : qu'attendez-vous de *vous* ? »

On entendit un claquement de mains suivi du claquement du couvercle sur le piano, dans une minute les enfants seraient là, et les parents tout près. Alors qu'ils se dirigeaient vers la sortie en se mêlant à la foule, il risqua, impromptu :

« Vous avez appris, pour le docteur Angeloff ?

— Je suis désolée pour votre ami, un horrible accident, m'a-t-on dit à son cabinet. Pour Sixte, ça ne pouvait pas tomber plus mal. Grâce à lui, il commençait à s'ouvrir. J'ai vraiment cru qu'il n'y avait qu'Angeloff pour l'aider à dissiper ses ténèbres, et puis… Quelle fin atroce. Qui soupçonnerait qu'un voyageur parmi d'autres, une ombre peut-être familière par la force de l'habitude, une silhouette qu'on a éventuellement effleurée, debout au milieu d'un quai de métro, n'en a plus que pour quelques secondes à vivre ? Qu'y a-t-il, François ? Vous avez un drôle de regard…

— Vous avez bien dit *au milieu du quai* ?

— C'est ce que m'a raconté son assistante en larmes, l'autre jour au téléphone, quand elle a annulé notre rendez-vous.

— Sixte ne le consultait pas seul ?

— Si, bien sûr, mais cette fois le docteur Ange-loff m'avait demandé expressément d'assister à leur entretien, et de rester un peu après, il sou-haitait me parler en tête-à-tête, ça avait l'air si important que j'avais annulé des engagements, et puis… Qu'y a-t-il ?

— On se suicide plutôt au début du quai, enfin en principe, mais ça ne veut rien dire, probable-ment. »

Ils descendirent l'escalier en se fondant dans un groupe, sans jamais se quitter des yeux. En traver-sant la cour de l'immeuble, comme la petite Pau-line rebroussait chemin pour remonter chercher son cache-cœur oublié sur une étagère, ils se rap-prochèrent.

« Je sais que vous m'aimez, mais vous me croyez toujours folle, n'est-ce pas ? »

Il répondit simplement par un signe de tête négatif et une moue résignée.

« Mais c'est quoi, un fou, pour vous ?

— Un Suisse monarchiste. J'aime bien les fous, vous savez, mais vous n'êtes pas folle. Vous êtes juste très perturbée par quelque chose de très fort et d'inhabituel, qui vous dépasse et vous ébranle… »

Il aurait voulu lui dire que de son point de vue la folie était en nous tous, qu'il ne manquait que l'événement qui la ferait surgir chez l'un plutôt que chez l'autre, ça l'aurait peut-être aidée, mais la sonnerie du téléphone portable s'interposa entre eux. C'était son mari. Ses propos la tétanisaient. Elle l'écoutait, répondant à mi-mot tout en rattrapant par la manche Samson, que sa discrétion naturelle poussait toujours à s'éloigner dans de telles circonstances. Un méchant courant d'air s'insinuait dans la cour. Comme elle en tremblait sans qu'il sût faire la part du froid et de l'effroi, il retira le pull rouge qu'il portait sur ses épaules pour le déposer sur celles d'Inès, geste anodin qui parut la bouleverser tant il exprimait un au-delà de la tendresse qu'il aurait été bien incapable de formuler.

Une tristesse infinie se lisait dans le regard d'Inès. Par la seule force de son éducation elle évita l'incontinence de larmes, mais il en faudrait plus pour l'empêcher d'aller au-delà de la fameuse limite. De traverser la frontière. Pressentait-elle qu'un fatal point de non-retour guette ceux qui passent la ligne ?

« Dans mes cauchemars, j'ai le corps si usé qu'on me voit l'âme avant qu'elle se dissipe, alors je ne suis plus qu'un tube digestif de la bouche à l'anus, une atroce continuité. »

C'est ce qu'elle murmura, ce qu'elle osa lui avouer, tandis que Pauline dévalait l'escalier à grand bruit. À peine un mois auparavant, il avait fait la connaissance d'une femme dont la personnalité et la force de caractère l'avaient ébloui. Il eût dit alors la rencontre d'un bloc d'inquiétudes et d'un roc de certitudes. En cette fin décembre, la même était la vulnérabilité faite femme. Elle ne cessait de se désagréger sous ses yeux. Un séisme avait eu raison d'elle. Saurait-il lui attraper la main pour l'empêcher de s'enfoncer dans sa nuit ? L'énigme du mal à laquelle elle paraissait confrontée était un défi sans pareil. Les médecins demandent toujours à leur patient où placez-vous votre douleur ? — s'ils savaient à quel point la douleur est futile là où domine la souffrance.

Il n'y avait guère qu'auprès de François-Marie Samson que sa plainte trouvât un écho. Il n'y avait que lui pour l'accompagner dans son excursion vers l'incertain. Ils ne se quittaient pas des yeux, Inès remuait les lèvres sans émettre un son audible, mais tout en elle criait aidez-moi, je vous en supplie, aidez-moi...

5

… Il l'aiderait, comment en serait-il autrement puisque désormais elle l'habitait, il irait jusqu'au bout. Il l'aiderait car il l'aimait dans toute sa détresse, en attendant de pouvoir l'aimer sans pathétique, en faisant venir au jour ce qu'elle avait de meilleur.

L'Islande un bain d'énergies, les affiches le lui hurlaient en gros caractères, le couloir du métro en était tapissé de bout en bout, à le dégoûter de jamais y passer ses vacances. Quand il sortit, à la station Notre-Dame-des-Champs, un crachin désagréable l'enveloppa pour ne plus le lâcher. Il traversa le boulevard Raspail pour prendre la rue du Montparnasse. Les élèves de Stanislas entraient par là, « Stan » comme ils disaient, et tout était dit de cette école privée catholique, sous contrat d'association avec l'État, l'une des plus réputées pour son sérieux, sa rigueur, ses résultats. C'était bien le moins pour justifier que les Chemillé l'eussent choisie quand il y en avait tant d'autres dans leur quartier.

François-Marie Samson regardait nerveusement sa montre. Quelques minutes encore avant la sonnerie de dix-sept heures. Des affiches dans l'entrée annonçaient les activités des anciens, les réunions sportives, les échanges linguistiques, la fête annuelle du 8 décembre et surtout la vie chrétienne. À croire que dans ces murs, de la maternelle aux classes préparatoires, on n'en avait que pour Dieu, la catéchèse, la vie sacramentelle, l'instruction générale n'étant dispensée que par surcroît pour compléter la formation spirituelle. La devise de la maison reflétait bien l'esprit des lieux : « Français sans peur, chrétien sans reproche. » Il la lut et la relut en écarquillant les yeux, comme si les professeurs qu'il voyait déambuler sous le préau débarquaient tout juste de la huitième croisade.

Quand la sonnerie retentit, il se rangea sur le trottoir opposé. Sixte de Chemillé sortit parmi les premiers. Il marchait seul, le regard fixe, son sac sur le dos. Samson lui emboîta le pas à bonne distance, songeant avec prudence que par les temps qui courent un père tenant son enfant par la main a déjà une chance sur deux d'être dénoncé comme pédophile.

L'adolescent ne se doutait de rien. Pas une seule fois il ne se retourna. Et quand bien même : Samson avait tout prévu, non pour justifier sa présence, car c'eût été se dénoncer, mais pour donner le change afin de ne pas laisser le doute s'installer. Tiens, quelle coïncidence ! j'ai justement sur moi un article récent qui devrait vous intéresser, Sixte, une étude des tableaux de Vinci qui vont subir un examen, grâce à la réflectographie à infrarouge on connaîtra enfin les dessins préparatoires sous-jacents, voilà ce qu'il lui dirait.

Inès ne lui avait pas explicitement demandé mais tout dans sa détresse implorait son aide, il ne la lui avait pas formellement promise mais tout dans son attitude l'en assurait.

Depuis quelque temps, Sixte rentrait avec une demi-heure voire une heure de retard et, comme il ne parlait pas, nul ne pouvait lui soutirer la moindre explication. Samson n'eut pas à forcer sa nature pour se dévouer car lui aussi brûlait de savoir et d'en finir, non avec cette femme mais avec ce qui la faisait souffrir.

Sixte marchait d'un bon pas à une cadence d'automate. Rien ne paraissait le distraire de son chemin. Il prit le métro à Notre-Dame-des-Champs direction Mairie-d'Issy, puis changea à Pasteur direction Charles-de-Gaulle - Étoile. Rien que de très normal. L'adolescent préférait rester debout, tenant la barre d'une main ferme ; il se désintéressait totalement du monde extérieur, nul n'avait accès à son monde intérieur. Assis sur un strapontin près de la porte du fond, Samson l'observait de biais. Plus que cinq stations avant le pont de funeste mémoire et avant Passy. Sauf que Sixte sauta sur le quai dès la suivante, Sèvres-Lecourbe, surprenant son suiveur, lequel eut néanmoins le temps de s'extraire du wagon à son tour pour lui emboîter le pas à distance, juste avant que les portes ne se referment.

L'adolescent emprunta la rue de Sèvres et passa les barrières de l'hôpital Necker-Enfants Malades sans même adresser un signe au gardien en faction dans la guérite. Un habitué ne se serait pas comporté autrement. Le jeune homme semblait parfaitement à l'aise au sein de cette ville dans la ville, quand Samson s'y serait facilement perdu. D'après les pancartes fléchant le parcours, il semblait prendre la direction du bâtiment Becquerel, où se situait le service d'hépatologie du professeur Berchot. Mais non, il laissa la porte 25 sur sa droite et poursuivit sa course jusqu'au service des urgences enfants. Samson le laissa prendre un peu d'avance puis s'engagea à son tour jusqu'au seuil de la salle de réveil pédiatrique et du centre de traumatologie. Des panneaux de sens interdit étaient apposés sur les portes que l'adolescent avait néanmoins franchies sans rien demander à personne. Une pancarte indiquait ATTENTION. À PARTIR DE CETTE LIMITE VEUILLEZ METTRE DES SUR-CHAUSSURES. MERCI. Il regarda à travers le hublot. Personne. Devant et derrière, pas âme qui vive. Il s'engouffra, obliqua à droite, ramassa des enveloppes en plastique dont il se chaussa et arpenta les couloirs.

Soudain il eut un mouvement de recul à la hauteur de la chambre 6. Lui tournant le dos, assis sur une chaise, son cartable posé à ses pieds, c'était bien Sixte. Face à lui, allongé dans un lit, un garçon qui devait être plus jeune que lui de deux ou trois ans. Il lui tenait la main. L'enfant aux yeux mi-clos était cerné par les tuyaux et les machines.

Samson s'approcha légèrement de la porte, tendit l'oreille et entendit une voix murmurer des paroles inaudibles. La voix de Sixte le silenciaire.

Ils restèrent ainsi une dizaine de minutes, jusqu'à ce que des bruits de pas se rapprochent. Samson poursuivit son chemin, ouvrit au hasard la porte d'un cagibi près des toilettes, et en ressortit revêtu d'une blouse blanche à laquelle il ne manquait que son badge d'identification. Il resta un long moment adossé contre le mur au bout du couloir, feignant de s'absorber dans la lecture d'un document. Un couple, les parents certainement, pénétra dans la chambre 6. Quelques instants après, Sixte en sortit et s'éloigna, mais, cette fois, Samson choisit de ne pas le suivre.

La porte de la chambre était restée entrouverte. Alors, avec le naturel sidérant de celui qui retrouve des automatismes qu'il n'a jamais eus, il entra. Le père eut un réflexe de déférence, victime comme la plupart du prestige de l'uniforme et du respect qu'il induit dans l'instant. Il se leva de sa chaise et bredouilla quelques mots tandis que Samson examinait la feuille de température avant de se pencher sur le visage de l'enfant. Puis, agissant d'instinct, il referma la porte d'autorité et approcha une chaise de celle des parents :

« Je sais que cela vous est pénible, mais vous allez à nouveau tout me raconter, tout ce qui s'est passé, c'est important… »

L'homme et la femme se regardèrent, interloqués, mais ils paraissaient si écrasés de chagrin, yeux rougis et joues creusées, qu'ils n'avaient même plus la force de douter. Comme la mère baissait la tête, le père prit la parole, avec un léger accent étranger :

« Ça s'est passé en fin de journée. Il faisait nuit déjà. Le petit rentrait du lycée Buffon sous la pluie avec son frère aîné. En attendant de traverser la place Ozanam, à l'angle de la rue de Cicé et de la rue Stanislas, dans le square juste derrière l'église, ils s'étaient abrités sous l'auvent d'un magasin. Une voiture mal garée a démarré nerveusement, en marche arrière. Les enfants l'ont vu arriver, ils ont d'abord fait de grands signes et comme ça ne servait à rien ils se sont mis à crier mais la voiture avait l'air folle, elle continuait et... les enfants ont été plaqués contre le poteau du sens interdit puis contre la devanture, ils tapaient sur la voiture en hurlant, le grand a eu la présence d'esprit de sauter à plat ventre sur le capot, il a dû lâcher la main du petit qui lui... Quand la voiture est enfin passée en marche avant, elle a filé. Notre aîné est tombé du capot. Il n'avait rien. Le commerçant et les clients du magasin ont assisté à tout à travers la vitrine, mais ils étaient pris d'un tel effroi que ça les a cloués sur place. Des passants qui avaient tout vu sont allés vers le petit mais ils n'osaient pas le toucher tellement il était... Quelqu'un a appelé les pompiers sur un portable. Enfin, tout ça, c'est ce que j'ai pu reconstituer en écoutant les témoignages. Mais ça s'est passé tellement vite, la nuit était déjà tombée, et à cet endroit la rue est faiblement éclairée... Depuis, ma femme et moi, on ne fait plus la différence entre le jour et la nuit. Si nous n'avions pas la foi, nous serions bons à enfermer chez les fous. Nos enfants, c'est toute notre vie, vous comprenez, docteur ? Alors on attend qu'il se réveille. On attend, il n'y a rien d'autre à faire qu'à attendre et à prier.

— Vous connaissez la marque de la voiture ?

— Une Peugeot 607 bleu foncé.

— Et l'immatriculation, vous la connaissez ? »

L'homme sépara alors les clés qu'il n'avait cessé de tripoter tout au long de son récit, de manière à les glisser une par une entre ses phalanges, improvisant ainsi une arme des plus cruelles. Il serra les dents, contenant difficilement sa rage en occupant ses doigts à fignoler son coup-de-poing américain.

— Vous savez, docteur, comme mon nom l'indique je suis d'origine espagnole. Chez nous on a le sang chaud. Ce salaud… »

Sa femme posa une main sur son avant-bras, ce qui eut pour effet de le calmer, avant qu'il ne reprît, un ton en dessous :

« Ce salaud ne s'est même pas arrêté. Il a fait ça et il s'est sauvé. Et après ? Il est rentré chez lui pour regarder tranquillement un film à la télévision ? Il a fait nettoyer les taches de sang sur la voiture ? Si encore il avait amené les enfants à l'hôpital… Il n'y a pas de pardon pour ça. Pourquoi pardonnerait-on à celui qui n'exprime aucun regret ? C'est la faute dans la faute. Quand je le retrouverai, je commencerai par lui crever les yeux parce qu'il n'a pas voulu voir. Et après…

— Mais connaissez-vous le numéro de sa plaque d'immatriculation ?

— La police le connaît certainement mais elle refuse de me le donner. Ça prendra le temps que ça prendra, mais je finirai par le savoir, surtout si le petit… »

À force de réprimer ses larmes, l'homme s'étranglait. À tant baisser la tête, sa femme semblait s'être voûtée. Ce couple était jeune mais sa détresse lui avait donné des siècles. Ils portaient des vêtements de tous les jours, jeans, chemise et pull de couleur, mais, soudain, ils lui apparurent en tenue de deuil. Samson s'en voulait de cette vision mais il ne parvenait pas à la chasser de son esprit. S'il avait osé, il leur aurait dit qu'il les comprenait, tous, les parents et la police, chacun dans son droit, il leur aurait avoué qu'à leur place il céderait probablement à la tentation de faire justice lui-même, quitte à passer sa vie à expier son crime. Mais ce n'était pas le moment. Il les salua poliment quand il avait tant envie de les étreindre. À l'instant de franchir la porte, il se retourna vers eux :

« À propos, il y avait un adolescent tout à l'heure dans cette chambre, vous le connaissez ?

— Non, il vient de temps en temps, toujours à la même heure, il tient la main du petit, mais comme il ne dit jamais rien, on ne sait pas qui c'est, sûrement un jeune de sa classe. »

En sortant de l'hôpital, Samson se surprit à entrer dans un café et à commander un double whisky. Il resta un long moment accoudé au zinc, insensible au vacarme des flippers et au babil des consommateurs, le regard perdu dans l'épais nuage de fumée. Un petit sapin de Noël était posé sur le bar, le clignotement des ampoules fichées dans la guirlande lui devint vite insupportable. Son corps était bien là mais son esprit n'avait pas quitté le chevet de la chambre 6. De cet instant il sut que cette âme en sursis le hanterait longtemps.

Quand le métro le prit, il flottait plus qu'il ne marchait. S'il est toujours bon de suivre sa pente pourvu que ce soit en montant, Samson voulait juste qu'elle le ramenât du côté de chez lui. On peut faire confiance à ses réflexes dès lors qu'ils ne nous ont jamais trahi. Ce jour-là, dans les entrailles du réseau, il s'en remettait à son pilote automatique. À la mélancolie de la détestable saison des fêtes succédait une immense désolation. Il savait à qui il devait d'avoir atteint ce point de non-retour. Inès, sa joie et sa souffrance. De loin, elle lui avait fait ce don inestimable de maintenir en éveil l'inquiétude au fond de lui.

Comme sa voisine lisait les nouvelles du jour dans un des quotidiens distribués dans les couloirs des correspondances, il s'autorisa à en faire autant par-dessus son épaule ; après tout, elle ne l'avait pas payé. Rien ne retenait son attention. Le journal ayant été abandonné sur la banquette en face de la sienne lorsqu'elle descendit à la station, il poursuivit sa lecture distraite à la dérobée en conservant ses mains dans les poches. Un article évoquait des retards sur certaines lignes sans donner d'explication. C'est alors que la rame s'immobilisa.

Un haut-parleur ne tarda pas à diffuser un message plutôt embrouillé, au ton assez emprunté, dans lequel il était à la fois question d'un incident sur la voie et du malaise d'un voyageur. Certains se manifestèrent par de bruyants soupirs, d'autres par des commentaires acerbes. Il en ressortait globalement que la compagnie n'était pas à la hauteur de la situation, remarque qui n'était pas faite pour l'étonner, au contraire de celle que s'autorisa son voisin le plus immédiat, l'un de ces personnages à casquette et blouson que leur glose permanente de l'actualité mondiale fait passer pour des encyclopédistes aux yeux des bistrotiers.

« On a peur des mots, en France. Ils disent "malaise" pour qu'on entende "suicide". Quand ils diront "suicide" il faudra entendre "meurtre". On nous prend pour des crétins, ou quoi ? Tout le monde sait pourquoi on est à l'arrêt, alors… pfffft, cette hypocrisie…

— Moi je ne sais pas pourquoi, risqua Samson.

— Mon pauvre ami, vous êtes bien le seul ou vous le faites exprès. Parce qu'il y a des timbrés qui poussent, pardi ! Mais ça ne se dit pas, faut éviter la panique. J'ai un beau-frère électricien à la airatépée, même lui il n'arrive pas à en savoir plus… »

Dès que la rame s'ébranla à nouveau, l'homme cessa de parler et se replongea dans les résultats des courses. Mais il avait produit son effet. Les gens se regardaient avec une certaine méfiance. À croire que chacun se trouvait au bord vertigineux du monde.

Au fond, se suicider revient à se pousser seul dans le dos.

Ce genre de réflexion pouvait bouleverser la vie somme toute assez rangée de François-Marie Samson. À condition que l'atmosphère s'y prêtât, il ne lui fallait guère plus qu'un déclic de cette nature pour le perturber profondément. Son intuition lui avait déjà joué de drôles de tours, mais jamais de mauvais tours. Tout de même, il y avait une part de risque à n'écouter que son inconscience. Que la lumière soit et la lumière déçoit. Peut-être faisait-il fausse route mais il devait d'abord aller au terme de son idée fixe pour en être persuadé. Insensiblement il devenait un héros de roman selon son goût. Un homme comme un autre mais qui, confronté à une situation de crise, va au bout de lui-même.

Il chargea sa collaboratrice d'annuler ses rendez-vous des trois jours suivants, mobilisa ses ressources de fouineur, ses réseaux d'enquêteur, son expérience de chercheur et se mit en tête d'épuiser la question.

Mal lui en prit. Les centres de documentation étaient pauvres ou superficiels, juste des articles de presse qui se pillaient les uns les autres par manque d'informations. À la airatépée, on le balada de service en service, qui tous le bombardèrent de chiffres, d'études et de rapports hors sujet, avant de lui opposer un refus poli mais ferme, non monsieur, on ne pousse pas dans le métro parisien, nul n'a jamais entendu parler de ça, sauf l'autre jour à La Muette, mais c'était un médecin poussé par l'un de ses patients et de toute façon il s'en est bien sorti en remontant tout seul sur le quai, vous devez confondre avec le métro japonais, où l'on pousse mais avec des gants blancs et avec l'intention d'entasser le plus de voyageurs possible dans les wagons, voyez-vous, on ne meurt plus dans notre métro depuis qu'il y est interdit de fumer, plus de quatre millions de voyageurs transportés chaque jour pour un risque mortel zéro, dans le métro parisien on se retient de mourir comme on se retient de pisser, voilà, merci beaucoup, au revoir monsieur. Pourtant, la direction ne cachait pas son projet d'équiper un jour tous les quais de garde-fous transparents à ouverture automatique qui rendraient la chute sur les voies impossible. Une vraie bulle. Il y avait donc bien un problème.

L'un de ses plus anciens contacts aux archives du ministère des Transports, un vieux généalogiste du dimanche à qui il avait déjà rendu de menus services, lui confirma que c'était une des rares questions taboues pour la Régie. On n'en parlait pas et la question n'était jamais posée, voilà tout. Il avait accès aux dossiers et n'éveillerait pas les soupçons car il n'avait pas ses entrées dans les plus hauts étages. En dépit de sa prudence de préretraité, le fonctionnaire finit par céder devant l'amicale pression de Samson.

« Allez voir du côté de la police et des hôpitaux...

— C'est vaste !

— Oh, faites marcher un peu votre logique ! La police, ce ne peut être que l'IPPP, l'Infirmerie psychiatrique de la préfecture de police, rue Cabanis. Quant à l'hôpital, ne me dites pas que vous ne connaissez pas Sainte-Anne. Bon. Vos types, ils vont de l'un à l'autre. On les interroge et puis on les soigne. Et qu'est-ce que ça donne ?

— Des rapports.

— Des thèses aussi. Les policiers font des rapports de police et les médecins des thèses de médecine. Puisque les premiers sont inconsultables... Dites, François, vous avez mangé des tartines de Stilnox au petit déjeuner ? »

Une heure après, dans l'ancienne salle des admissions de Sainte-Anne, il demandait la conservatrice de permanence à la bibliothèque Henri-Ey. Un calme impressionnant régnait dans ces lieux dévoués à l'étude, plus encore que dans n'importe quelle autre salle de lecture. Peut-être était-ce dû aux arbres que l'on apercevait de tous côtés à travers les fenêtres, à moins que les blouses blanches des bibliothécaires n'eussent accentué cette atmosphère si particulière.

Après une rapide recherche dans un fichier, il dut convenir que la littérature sur la question était plutôt rare.

« Un peu particulier comme sujet, justifia la conservatrice, passons sur les articles, toujours les mêmes, assez théoriques et plutôt datés. En fait, il existe surtout une thèse, une étude clinique à partir d'une quarantaine de cas de "pousseurs de métro", comme on les appelle. D'après la fiche, elle se fonde notamment sur des procès-verbaux de la police, des certificats médicaux et des entretiens avec les malades. Vous voulez la consulter ? »

Contenant à grand-peine un bonheur intense, Samson se contenta de hocher la tête en silence. La responsable sortit la fiche, pianota sur le clavier de son ordinateur, recommença, et revint vers lui avec un air désolé :

« Il y a un problème. La consultation est, comment dire ? réservée.

— Vous voulez dire qu'on n'a pas le droit de lire certaines thèses des facultés de médecine ?

— Si, bien sûr, mais la consultation de thèses sensibles est soumise à tellement d'autorisations officielles que ça la rend pratiquement impossible. C'est très rare mais ça arrive. Croyez-moi, changez de sujet… »

N'ayant plus rien à perdre, il joua le tout pour le tout, la saisit par la main et, les yeux dans les yeux, murmura :

« Vous ne vous rendez pas compte, un enfant est actuellement entre la vie et la mort. Je ne peux pas vous en dire plus, d'ailleurs j'en serais bien en peine tellement tout ceci est encore confus, je vous demande juste de m'aider. »

En dégageant sa main, elle observa alentour, hésita un instant puis nota quelque chose sur un morceau de papier.

« Tenez, c'est le nom du psychiatre qui a déposé cette thèse. Je crois qu'il travaille aujourd'hui à Necker, demandez le service du professeur Debray. »

L'embrasser c'eût été l'embarrasser, l'envie ne lui faisait pourtant pas défaut. Se rendre à Necker-Enfants Malades lui devenait familier. Métro Duroc, entrée par l'accueil de la rue de Sèvres, le bâtiment Apert se situait juste en face du bâtiment Becquerel. Il n'avait pas téléphoné, en prévenant il aurait pu provoquer une fin de non-recevoir qui aurait sérieusement limité ses chances. Il savait d'expérience qu'aucune méthode de persuasion ne valait le pied dans la porte, au risque d'y laisser un doigt.

Quand le docteur Sadacca se présenta à la consultation, Samson l'entraîna dans un coin et, le plus calmement possible, expliqua son cas. Manifestement désemparé par la nature de la requête, le praticien réfléchit un long moment, négocia pied à pied avec sa conscience et, plutôt que de lui confier cette fameuse thèse que la direction de la airaétépée, en sa double qualité de commanditaire et de partenaire, lui interdisait de divulguer, il résolut de la raconter de vive voix.

« Posez-moi des questions, je vous répondrai le plus précisément possible, je vous écoute. »

Passé l'effet de surprise, Samson débrida sa curiosité sans aucune précaution. Après une présentation d'usage assez académique sur la rareté des authentiques homicides pathologiques, le psychiatre entra dans le vif du sujet en dressant la liste des invariants de ce crime sans arme : le passage à l'acte paraissait être le monopole des hommes, les victimes étaient généralement inconnues de leur meurtrier, les coupables restaient le plus souvent assis sur le banc face au drame, prostrés devant l'attroupement autour du corps déchiqueté, ils montraient une absence de remords et de résistance au moment de leur arrestation sur le quai, la plupart d'entre eux avaient un dossier psychiatrique avec, pour la majorité, le diagnostic de psychose schizophrénique.

Des invariants ou presque, mais un abîme vertigineux s'ouvrait derrière ce *presque*. Car certains de ces maniaques urbains se trouvaient dans un état d'intense excitation qui contrastait avec le glacial détachement observé chez d'autres. Poussé dans ses retranchements, le docteur Sadacca reconnut que, si le passage à l'acte était le plus souvent immotivé et non prémédité, on ne pouvait exclure un syndrome d'influence et, dans quelques cas, l'obéissance à des ordres hallucinatoires. En somme, en dépit de certitudes statistiques, il avait l'humilité de laisser la porte grande ouverte aux interprétations tant il mesurait le désarroi de la médecine face à la schizophrénie. La catastrophe absolue. On ne sait pas vraiment ce que c'est. Juste que c'est l'autre versant de la folie. Puis il se tut et baissa la tête. Alors, mais alors seulement, François-Marie Samson comprit pourquoi ce phénomène des pousseurs de métro devait rester secret.

Le médecin le raccompagna jusqu'à la sortie du bâtiment et fit quelques pas avec lui dans l'allée. Par son intensité, leur entretien les avait pareillement épuisés. Assis côte à côte sur un banc au soleil, ils observaient la ronde des visiteurs en commentant la rareté des suicides dans le métro, loin derrière la pendaison, le recours aux armes à feu, l'intoxication volontaire, la noyade, le saut dans le vide et le gaz, lorsque Samson sentit son sang se glacer. En face, de l'autre côté du talus herbeux, il crut reconnaître des silhouettes près du centre de traumatologie. Il quitta le banc sans un mot et s'approcha, c'était bien eux, la famille de la chambre 6.

Pas de cris, guère plus de larmes, rien que la pudeur des petites gens. Discrets jusqu'au bout. Quand on a toujours tout fait en silence, on souffre aussi en silence. Mais le pire était advenu, quelque chose de grave, qui se lisait sur leurs visages. Toute de noir vêtue, la mère défaite paraissait portée par les bras de son entourage. On aurait cru qu'elle marchait sur des coussins d'air. Un jeune homme la suivait de près, son fils aîné probablement, à en juger par la ressemblance. Le docteur Sadacca les ayant rejoints, il fut mis en confiance par sa blouse blanche. Samson le prit par le bras et l'entraîna sur le côté.

« Le petit…

— État stationnaire.

— Alors ?

— Mon père. Il est mort hier.

— Quoi !

— Il disait qu'il avait reçu un coup de téléphone de quelqu'un qui était proche de la police. Quelqu'un qui lui dirait tout sur le type qui nous a écrasés. Mon père est parti au rendez-vous. Après on ne sait rien de ce qui s'est passé, ce qu'il a appris, qui il a rencontré. On ne l'a plus revu vivant. On sait juste ce qu'ils nous ont dit. Qu'il s'était suicidé. Que ce n'était pas anormal avec tout ce qui lui était arrivé.

— Il s'est tué comment ?

— Dans le métro. À Pasteur, la station de mon bahut. À peu près au milieu du quai. J'aurais pu être là. Si j'avais été là, on l'aurait pas… il se serait pas… enfin je sais plus… Il est mort. »

Il rejoignit sa mère, laissant Samson dans un tel état de sidération que le docteur Sadacca le réconforta comme s'il était de la famille.

« C'est curieux. Au milieu du quai… Comme mon confrère Angeloff, n'est-ce pas ? Si on veut faire passer un meurtre pour un suicide, on va au tout début. Même au milieu, si on pousse fort, la mort est quasi certaine. Mais pourquoi…

— À moins qu'il n'y ait une raison impérative.

— Je n'en vois qu'une : à équidistance du début et de la fin du quai, il y a un angle mort pour les caméras de vidéosurveillance à condition de savoir y entraîner sa victime… Un voyageur la tête couverte d'un chapeau est impossible à identifier. Si elle est bien malade, cette personne est tout sauf idiote.

— Cette personne ?

— Un homme ou une femme aussi bien.

— Ou un jeune. »

Un adolescent suivait le groupe, légèrement à l'écart. Quand il passa devant eux, Samson l'interpella :

« Sixte, vous me reconnaissez ? Je suis un ami de vos parents. »

Pour toute réponse, l'isolé tendit la main sans un mot. Lui, à coup sûr. Samson le saisit par les épaules.

« Que se passe-t-il ? Qu'est-ce que vous faites au chevet de cet enfant ? Ce n'est pas un élève de Stan, n'est-ce pas ? Alors comment le connaissez-vous ? Sixte, votre mère se fait beaucoup de souci pour vous, ce qui vous arrive va la détruire. Si vous l'aimez, vous devez parler. »

Sixte passa son chemin comme s'il n'avait rien vu ni rien entendu. Mais, cette fois, Samson était bien décidé à ne pas le lâcher. Il lui emboîta le pas ostensiblement, épousa chacun de ses mouvements dans le métro et maintint sa pression sans relâche jusqu'au square Alboni. Il hésita un instant avant d'entrer, le regard attiré par ce que la gardienne tentait d'effacer avec une brosse et un produit au bas de la façade de l'immeuble côté jardin. Un tag qui hurlait « Salaud ». Le mot même que le père du petit blessé avait employé à deux reprises pour désigner l'anonyme criminel au volant.

En progressant dans l'escalier de l'immeuble, la pression s'était muée en harcèlement mais l'adolescent demeurait de marbre. Comme il avait sa clé, la domestique ne s'aperçut pas qu'il rentrait accompagné.

L'appartement semblait désert. Juste une lumière allumée dans un coin du salon. Pas un bruit. La vie ne s'y manifestait qu'au loin par la course du métro aérien. Sixte lança son sac à dos sur un fauteuil et s'installa au meilleur poste d'observation qui fût, face au grand tapis, s'absorbant dans sa contemplation muette. Dans cette attitude, il apparut pour la première fois comme le bourreau de lui-même, la joue et le soufflet. Alors Samson n'y tint plus. Il approcha son visage tout près de celui de Sixte et s'adressa à lui avec la colère de celui qui se heurte sans le savoir au regard du sourd.

« Qu'est-ce que vous regardez ? hurlait-il. Mais qu'est-ce que vous regardez comme ça ? Le motif au centre du tapis ? Vous croyez qu'il y a quelque chose dessous ? Mais on sait cela ! On sait qu'après la Révolution certaines familles ont préféré dissimuler fleurs de lys et emblèmes royaux. Au mieux, on trouvera ça. Et après ? Vous m'entendez, Sixte, répondez-moi ! Et après ? »

Malgré l'extrême tension que ses injonctions faisaient régner dans la pièce, tout arrivait sans que rien ne se passe. D'un pas décidé, Samson se mit en quête de la cuisine et en revint avec un couteau très effilé. Sixte eut un brusque mouvement de recul, et ouvrit la bouche sans qu'aucun son n'en sorte.

Agenouillé au centre du tapis, Samson posa le couteau à ses côtés et se mit à caresser longuement le motif fleuri. Puis il gratta le mélange de laine et de soie de manière circulaire, avec les doigts d'abord, puis au moyen du couteau, avec la délicatesse d'un archéologue écartant le sable pour faire surgir un monde englouti. Quand il décela ce qui avait dû être une sorte de couture, il entreprit de l'arracher sans ménagement avec la pointe. Le massacre annoncé fit bondir Sixte de son fauteuil. Il s'agrippa de toutes ses forces à ses bras, à son cou et à ses cheveux pour faire cesser le dépeçage, mais Samson s'acharnait tout en se débattant. Leur corps à corps prit un tour si violent qu'en tombant tous deux sur le côté ils arrachèrent d'un coup sec le médaillon central, ce qui provoqua un long hurlement de Sixte. Des sons, enfin.

« Noooon ! Je vous interdis ! Vous n'avez pas le droit ! »

Ils se regardèrent, pareillement interloqués, ébouriffés et dépenaillés, Samson un couteau de cuisine à la main. Alors l'adolescent éclata en sanglots et se réfugia dans ses bras. Secoué par un hoquet, étranglé par ses larmes, il lâchait les vannes d'une logorrhée des plus confuses.

Après qu'il se fut calmé, son discours retrouva sa cohérence pour tout raconter, l'instant où son père avait précipité son destin dans l'horreur en entraînant les siens dans sa spirale, la minute inouïe qui peut plonger inexplicablement des vies dans les ténèbres, cette fin de journée qu'il n'oublierait jamais, il avait promis de venir me chercher à la sortie de Stan pour me déposer à mon cours de violoncelle, il s'était mal garé et ça le rendait nerveux, d'autant que le conseil des ministres avait eu lieu le matin même et que sa nomination n'avait toujours pas été annoncée, il s'impatientait et j'étais en retard, il a démarré brusquement en marche arrière, sans regarder, on a entendu des cris et des coups, je me suis retourné et j'ai vu ces garçons en train de supplier, alors j'ai crié moi aussi mais c'était trop tard et on est partis à toute vitesse, sur le chemin il me répétait ce n'est rien ce n'est rien juste de la tôle froissée, il me disait que j'avais mal vu parce qu'il faisait sombre, plus je me récriais plus il niait, il me criait tu n'as rien vu ! tu n'as rien vu ! plus je pleurais plus il me menaçait, il allait jusqu'à m'interdire de raconter ça à qui que ce soit, que si je le répétais rien qu'une seule fois à une seule personne je serais responsable de la fin de notre famille, que je devais apprendre à me taire, que nous étions liés par le secret et que le premier à le rompre serait maudit jusqu'à la fin des temps car il aurait brisé la longue chaîne des Chemillé, celui-là devrait en répondre devant Dieu, voilà ce qui s'est passé.

Tout en l'écoutant, Samson essayait de reconstituer les morceaux du puzzle. Une image à peu près claire en surgissait désormais. À peine un détail, mais le détail qui tue. Un démarrage trop nerveux, marche arrière au lieu de marche avant, un malheureux concours de circonstances, ce n'est pas un crime.

L'engrenage. La fuite. La négation. L'orgueil. Le crime est là.

À partir de cet instant où il avait senti son existence basculer, Tanneguy de Chemillé n'avait cessé de s'enfoncer dans son erreur criminelle, et dans son déni. Ses mensonges n'avaient rien de glorieux. Tout plutôt que le scandale. Il ne serait pas celui par qui le nom des Chemillé serait souillé à jamais. Peut-être avait-il même réussi à se convaincre de sa bonne foi, et à conserver à peu près intacte la fierté d'une famille soudée dans la proclamation de sa propre vérité. Sauf que sa fuite en avant était désormais jonchée de cadavres. Les corps disloqués de ceux qui allaient accéder à l'intolérable vérité et la révéler publiquement. Facile de faire croire à des suicides dans le métro quand la saison de la mort volontaire y bat son plein, et que de toute façon la airatépée étouffe la moindre information sur les pousseurs. D'abord le psychiatre Angeloff, puis le père du petit blessé. Tout se mettait à peu près en place. Mais qui serait le prochain sur la liste et pourquoi ? Si ce qui signe un crime est l'effacement de ses traces, que dire de deux crimes perpétrés dans les mêmes conditions ?

Cet homme n'était pas un monstre. C'était pire. Un homme qui se comporte comme un monstre. À moins que tout ceci ne fût qu'une pure vue de l'esprit.

Il les sentait tous à la limite, mais la limite de quoi ? C'était leur vie privée, mais privée de quoi ? Si la sagesse consistait à accepter qu'il n'y avait rien à comprendre, Samson n'allait pas tarder à basculer lui aussi dans une forme de folie car rien ne le ferait renoncer. Mais à trop se pencher sur ses abîmes, on finit par y tomber. Alors on se met à considérer la vie même comme une maladie chronique.

Assommé par sa méditation, Samson ne s'était pas aperçu que Sixte se laissait hypnotiser par le nouveau motif qui venait de surgir au centre du tapis. Il le rejoignit et fut pareillement sidéré par ce qu'il découvrit : l'image séculaire et intacte du mont Ventoux surmontée d'armoiries, entourée des lettres capitales C et V et fermée par une devise. En français. « Souviens-toi ».

Alors tout s'enchaîna très vite. Comme s'il fallait impérativement que l'affaire fût liquidée avant le premier de l'an.

Les fêtes, leur frénésie sur commande, un enthousiasme de circonstance, toute cette préméditation dans l'euphorie. Un écœurant bonheur programmé. Dieu devait être en dépression.

François-Marie Samson moins que jamais avait l'envie de se prêter à ce rituel dérisoire fût-ce en laïc convaincu. Il faisait froid. Les gens qu'il croisait dans la rue avaient l'air pressés de rentrer chez eux. Plus rêveusement encore que les autres soirs, ils grignotaient le quignon de la baguette qu'ils tenaient de deux doigts avec la poignée de leur sacoche.

Le cercle d'échecs qui tenait ses quartiers aux confins de Montmartre, dans l'arrière-salle du café Le Bouznika, était le lieu idéal pour se mettre entre parenthèses quand il lui prenait l'envie de changer de contemporains. On y traitait les fanatiques en douceur, avec thé à la menthe et petits gâteaux au miel.

Quelques stations à peine. Il y serait dix minutes plus tard. Jamais les têtes des statuettes de la station Louvre ne lui étaient apparues si effrayantes. Il avançait sous une telle pression qu'il n'avait plus envie de se livrer à son jeu favori, lequel consistait à deviner le nom des rues au-dessus de sa tête avec une faible marge d'erreurs.

Quand le métro redevint aérien, une jeune fille en profita pour téléphoner. Mais le volume de sa voix était si considérable, sa conversation si insipide et son arrogance si insubmersible qu'en quelques minutes elle réussit à rassembler tous les voyageurs contre elle. Avec plus ou moins d'égards, tous lui intimaient de baisser d'un ton à défaut de se taire. Rien n'y fit, elle leur opposait sa souveraine indifférence. C'est alors qu'un clochard entra dans le compartiment et s'assit en face d'elle. Comme elle poursuivait son bavardage à une égale puissance de décibels, il sortit de sa poche une flasque de vodka, la colla à son oreille gauche, croisa les jambes, agita délicatement la main droite et se lança : « Vous comprenez, ce n'est plus possible, ces horaires à la bibliothèque, dites bien au directeur que je vais me plaindre au ministre, ça devient infernâââl... » Dans l'instant ridiculisée, l'insupportable en fut tellement stupéfiée qu'elle éteignit sur-le-champ son téléphone et tâcha de se faire oublier tandis que les voyageurs étouffaient leurs rires à grand-peine.

En dépit de l'odeur, Samson avait toujours éprouvé une vraie sympathie pour les marginaux du métro, du moins les non-violents et qui savaient le rester même lorsqu'ils étaient sérieusement imbibés. Quand un haut-parleur annonçait : « Pour votre sécurité, éloignez-vous de la bordure du quai, merci », il n'y avait qu'eux pour lancer à la cantonade : « De rien ! »

Lorsqu'il retrouva l'air libre après la station Abbesses, la neige commençait à tomber. L'ascension de la butte s'annonçait plus rude qu'à l'accoutumée. Ce soir-là plus que tout autre soir, le bistro de la rue Lepic se mériterait. L'endroit était effectivement protégé de l'atmosphère des fêtes. Ici les vivants n'en avaient que pour le bonheur et la souffrance que pouvait leur prodiguer le mouvement de figurines en bois dans l'espace clos des soixante-quatre cases. Le reste ne comptait pas.

Comme un violoncelliste fait ses gammes, Samson commença par livrer six ou sept parties *blitz*, l'horloge étant réglée sur cinq minutes. Puis il se lança dans une de ces parties de fond qui peuvent mener les fanatiques jusqu'aux premières heures de l'aube. Sauf qu'à mi-parcours de son marathon, il fut soudainement pris d'une telle angoisse qu'il se leva brusquement, fixa intensément l'échiquier, régla toutes les consommations et s'enfuit en laissant tout le monde en plan, son adversaire et les spectateurs. Jamais il ne s'était ainsi comporté. Tout à leur stupéfaction, ils essayaient de comprendre son attitude mais elle leur demeurait hermétique. Ils pourraient passer la nuit à retourner le problème en tous sens, jamais ils ne devineraient l'intuition qu'avait fait naître dans son esprit tourmenté la situation du jeu. Les noirs l'emportaient en une marche inexorable. Un massacre. En face les blancs ne cessaient de tomber. Seule la reine blanche tenait bon. Pas question d'abandonner. Elle fuyait la mise à mort dans les diagonales du fou, la menace d'un cavalier, les intimidations d'une tour. Contre toute attente, le coup de grâce allait lui être donné par l'incroyable stratégie du roi noir. Lui seul pouvait vraiment l'acculer.

En rentrant chez lui, Samson ramassa son courrier sur le paillasson. Une facture de l'eudéèffe, plusieurs mises en demeure d'Agathe, de la réclame pour lesdeuxsuisses, une relance des contributions. La vie comme on l'aime, plus une lettre. À la graphie, à l'emploi du stylo à encre, à l'usage d'une enveloppe au papier grammé, il devina que c'était elle.

« François, je suis confuse de vous prendre ainsi à témoin. Pourquoi vous ? Je l'ignore moi-même. C'est ainsi. Noël s'est bien passé. Nous avons fait bonne figure. La famille est formidable. Ils m'ont juste trouvée un peu amaigrie, un peu soucieuse, le bureau bien sûr. Pour le jour de l'an, je n'en jurerais pas. Je ne sais pas ce qui va arriver. Un prêtre le sait sûrement, celui qui a récemment reçu mon mari en confession. En ce qui me concerne, je suis sûre qu'une procédure est en marche pour me faire hospitaliser d'office. Ou sous contrainte, peu importe, il dira que c'est une mesure de sûreté, il obtiendra sans peine les certificats médicaux. Et ensuite, les moyens classiques de contention, manchettes, camisole, entraves, que sais-je. Mon cauchemar. Je ne pourrai jamais m'y résoudre. Dites-vous bien que je sais tout. Tout. Vous me manquerez, beaucoup. Inès. »

S'il n'avait pas ouvert la lettre au cœur de la nuit,

il en aurait paniqué. Or même pour la panique, il y a des heures ouvrables. Ça ne sert à rien de s'énerver quand tout le monde dort. Il faut se résoudre à attendre.

Dès que la ville se remit à vivre, Samson appela Inès à son bureau. Elle venait d'annuler deux réunions. Il essaya chez elle. Sortie. Ne restait plus que le portable. Sur répondeur.

Les Chemillé passant pour un couple jeune et moderne, il en déduisit qu'ils étaient paroissiens de la chapelle Notre-Dame-du-Saint-Sacrement plutôt que de Notre-Dame-de-Grâce de Passy. Il se précipita rue Cortambert et demanda à se confesser. Non monsieur, on ne fait pas ça chez nous, vous vous êtes trompé mais ce n'est pas grave, allez plutôt en face. Il sortit tout penaud de l'Église réformée de Passy-Annonciation, traversa l'étroite rue et entra juste en face, chez les sœurs du Saint-Sacrement. Une pièce en préfabriqué faisait office de confessionnal. Elle contrastait avec la discrète élégance des lieux baignant dans la douce lumière des vitraux, si sobres et si purs. L'accueil et les confessions s'y tenaient chaque jour de dix-sept heures trente à dix-neuf heures. Il paraissait si fébrile qu'on accéda aussitôt à sa requête. Le prêtre le reçut.

« Mon père, je…

— Qu'y a-t-il ?

— Pardonnez-moi, je n'ai pas l'habitude, je… »

Alors, avec une facilité dont il fut le premier surpris, il raconta en détail ce qu'il vivait depuis un mois, sans dévoiler aucune identité. Lorsque l'ac-

236

cident fut évoqué, c'est à peine s'il perçut un léger trouble dans les paroles du prêtre, un texte de l'Écriture dans lequel se manifeste l'amour de Dieu pour les pécheurs et qu'il dit de mémoire. Sentant que le temps lui était compté, Samson approcha ses lèvres et lâcha tout à trac :

« J'ai besoin de votre aide, mon père.

— Parlez, je vous écoute.

— Votre aide *personnelle*.

— Sous quelle forme ?

— La forme d'un témoignage. Le vôtre. Devant une cour de justice. L'homme dont il s'agit, vous le connaissez bien, il s'est conf...

— Non, non, n'en dites pas plus ! Surtout pas de nom ! Ce que vous me demandez est impossible. La confession individuelle et intégrale suivie de l'absolution est l'unique moyen de se réconcilier avec Dieu et avec l'Église dont dispose un fidèle conscient d'avoir commis un péché grave. Quand on confesse sa faute, on le fait en confiance, on se sent enfin libéré du poids du passé. Je ne peux pas trahir cette confiance. En tant que ministre du culte, je suis lié par le secret professionnel pour toute information recueillie dans le cadre du sacrement de la confession. Je ne peux pas, je ne peux pas... Partez, je vous en prie, vous n'avez rien à faire ici.

— Monsieur ! je veux dire mon père ! je... »

Une porte qui claque, des bruits de pas. Le prêtre avait déjà quitté le confessionnal. Samson fit quelques pas à la croisée du transept, puis s'assit sur une chaise en bordure d'une des deux nefs latérales. Lui le laïc absolu se sentait pour une fois happé par cette atmosphère. Fallait-il que les événements l'aient troublé pour qu'il en soit venu à une telle extrémité. Là plus qu'ailleurs Inès le hantait. Sa métamorphose demeurait un mystère. En l'espace d'un mois, elle était passée de la lumière aux ténèbres, mue par une puissance souterraine qui échappait à la logique du commun. Un mois que la sainte trinité composant sa grâce ne le lâchait plus — son esprit, son corps et son âme par ordre d'apparition. Impossible de se défaire de cette pensée. Tout ça pour une femme dont tout lui disait qu'elle n'était même pas son genre.

Quand il se retrouva dehors, il se sentit très seul. C'était le jour des Saints Innocents. La chaussée était déjà couverte de neige. Alors pour la première fois il eut l'étrange pressentiment qu'Inès ne mourrait peut-être pas rassasiée de jours.

Il entra dans un café au cœur du village de Passy. En attendant qu'on le serve, il téléphona machinalement à Inès tout en feuilletant un quotidien du jour qui traînait sur le zinc. Elle avait repris sa ligne.

« C'est vous qui m'avez appelée tout à l'heure, n'est-ce pas ? À cause de ma lettre… Je suis sûre que vous êtes allé à l'église.

— Où êtes-vous, Inès ?

— Pas très loin mais je vais bouger.

— Qu'allez-vous faire ?

— Ce que j'ai à faire. Je sais tout.

— Moi aussi. Laissez-moi parler à votre mari.

— Vous n'avez pas eu besoin de mon autorisation jusqu'à présent, alors continuez. Car vous vous êtes beaucoup parlé, non ? »

Et elle raccrocha. Il rappela plusieurs fois, en vain. Même pas un répondeur où vider sa bile. Rien. Depuis cinq bonnes minutes, son regard balayait la page des faits divers sans se laisser accrocher par aucun article. En soulevant son paquet de cigarettes, il fit surgir un entrefilet dont le titre, « Agression dans le XIᵉ : on cherche des témoins », le ramena à son tourment. La police recherchait un jeune homme qui avait assisté à une scène atroce l'avant-veille à quinze heures sur le quai du métro Bréguet-Sabin : une femme de trente-sept ans avait été copieusement insultée par un inconnu puis poussée dans la fosse bien avant l'arrivée du train, dans sa chute elle s'était rattrapée au bord, son agresseur lui avait non seulement fait lâcher prise en martelant ses mains à coups de talon, mais, voyant qu'elle allait s'échapper vers l'autre quai, il avait sauté sur la voie et l'avait rouée de coups avant de l'abandonner sur les rails et de se sauver dans le tunnel tandis que le métro…

On lit ça un matin, un croissant à la main, dans un bistro enfumé plein d'adeptes du Loto. Après on peut toujours chercher avec Lazare cette région obscure de l'âme où le mal absolu s'oppose à la fraternité, mais à quoi bon se sentir si dérisoirement humain face à une telle démonstration d'inhumanité, à quoi bon ?

Une heure durant, il erra dans le quartier, incapable de diriger ses pas, se cognant aux passants les bras chargés de paquets. Pas question de rentrer. Cette fois elle était résolue, mais à quoi?

Que savons-nous de ce que les autres savent de nous? Inès savait, mais quoi? Rien n'assurait que Sixte se soit confié à elle. Si oui, en quels termes? Elle ferait tout pour préserver l'avenir de ses enfants. Entacher leur nom reviendrait à assassiner leur avenir. Alors, contre vents et marées, tenir, se tenir, s'y tenir. Je maintiendrai. Certainement la devise de la Maison d'Orange-Nassau était celle de tout ces gens-là en sus de la leur propre. Mon Dieu, comment supporterait-elle de vivre encore toute une vie sous le poids d'un tel mensonge, la pression d'un tel secret, sans sortir du cercle infernal du roman familial? Un jour ou l'autre, la conscience de la fatalité génétique épuiserait ses forces et le chagrin viendrait à bout de ses résistances. S'il n'avait pas craint de l'enfoncer dans ses marécages, il lui aurait dit le fond de sa pensée dès la deuxième fois, quand il l'avait vue à la conférence de presse sur le projet de son groupe en Islande, puissante parmi les puissants, tous auréolés d'un pouvoir dont ils ne mesuraient pas le caractère dérisoire et éphémère. Un trait de plume et en une heure on n'existe plus dans ce monde-là. S'il avait osé, il lui aurait aussi avoué qu'à la réflexion les Chemillé non plus n'étaient rien malgré le nom, le prestige, l'histoire, le poids du passé, le rayonnement de la famille. Même cette solidité était factice puisqu'un détail, un malheureux détail suffisait à ébranler l'édifice au risque de provoquer l'irréparable.

Le plus salutaire des examens de conscience se pratique seul et souvent. Il consiste à balayer tout ce qu'on représente pour regarder en face ce qui reste. Ce qu'on est vraiment. Presque rien.

Il lui fallait rester à l'air libre, disponible. Sûr qu'elle rappellerait. Une sonnerie enfin, un numéro s'afficha, c'était elle. Il s'assit sur un banc pour l'écouter. Le ton de sa voix était calme, presque posé. Ni confusion ni délire.

«Pardon si je vous ai blessé. Je n'ai pas l'habitude de raccrocher au nez. François, écoutez-moi bien. Par moments, je me demande encore qui je suis, et si je suis bien la fille de mes parents, car j'en suis venue à tout mettre en doute. Je ne sais pas si je deviens folle, ou si Tanneguy l'est. Peut-être sommes-nous tous deux manipulés par quelqu'un qui a juré notre perte. Lui comme moi, nous n'avons pas que des amis. Malgré tout l'amour que je porte à Sixte, je me suis mise à douter de lui aussi. Pour en avoir le cœur net, je suis prête à aller jusqu'au bout. Je dois savoir, il faut que je sache. On m'a déposé une lettre anonyme hier soir. Ne me demandez pas ce qui y était écrit. Sachez simplement que cette personne est prête à tout me dire. Elle m'a fixé rendez-vous dans… une heure et quarante-cinq minutes…

— N'y allez pas !

— Il faut que je sache. N'essayez pas de connaître le lieu, n'y songez même pas.

— Inès, écoutez-moi ! Juste cinq minutes. Je vais tout vous raconter depuis le début…

« — Inutile. La vérité, c'est moi qui vous la dirai dans deux heures.

— Inès, laissez-moi vous accompagner, ou dites-moi au moins dans quel quartier, dans quel type d'endroit, un monument historique, un café, je ne sais pas, moi...

— Ne vous épuisez pas, ça n'est même pas à la surface de la terre...

— Inès, n'y allez pas, je vous en conjure ! »

Elle avait déjà raccroché. Comme s'il était soudainement monté sur ressorts, Samson se mit à courir en remontant la rue Raynouard puis la rue Franklin jusqu'à la place du Trocadéro. Là il s'engouffra tout essoufflé dans les couloirs du métro jusqu'au guichet, où il comprit la vanité de son impulsion. Quelle direction ? Quelle ligne ? Quelle station ? Mû par un réflexe naturel, il choisit sa propre ligne en direction de Nation.

Au-dessus du pont de Bir-Hakeim, alors qu'il s'étourdissait dans la contemplation du vol plané des oiseaux au ras des flots, son portable sonna. Elle reprit sa conversation sans protocole ni formule, à la manière de ces rares créateurs qui savent directement tailler dans le vif et s'attaquer au cœur des choses sans passer par le filtre de la connaissance. Elle paraissait hypnotisée par son but.

« Vous allez rire, François, mais j'ai toujours du mal à m'y retrouver dans le métro. Les correspondances, les couloirs, la signalisation, tout ça. C'est pour ça que j'ai pris de l'avance.

— Dites-moi juste la ligne, pas plus...

— Ne soyez pas étonné si parfois ça coupe, ces

circuits-là sont indépendants de ma volonté. Qu'est-ce qu'il fait chaud, ici, on étouffe. Je…»

Effondré par son impuissance à prévenir le drame qu'il pressentait, il trouva une place sur la banquette contre la fenêtre. Plusieurs stations défilèrent qu'il laissa passer, hébété. Jusqu'à ce que son œil soit attiré par la couverture d'un livre de poche. L'étudiante assise en face de lui, sur la droite, semblait se délecter à sa lecture, remuant les lèvres et bougeant la tête alternativement de gauche à droite. Une édition bilingue de *Beaucoup de bruit pour rien*. Le regard fixe, il murmura Shakespeare, répéta à voix basse Shakespeare, Shakespeare, tant et si bien que la jeune fille finit par poser son livre sur ses genoux sans le lâcher, ben oui Shakespeare et alors ? rien mademoiselle excusez-moi, il se leva brusquement, quitta la rame, emprunta le couloir de sortie et se précipita à l'air libre pour respirer un grand coup et passer plusieurs coups de téléphone.

Un quart d'heure après, il se présentait à bout de souffle à la porte de l'agence de design sonore B & B, dans la cour d'un immeuble de la rue Falguière. La jeune femme de l'accueil l'amena aussitôt dans le bureau de Josselin de Bonneville, lequel lui réserva un accueil chaleureux.

«Évidemment que je me souvenais de vous ! C'était une belle soirée, Tanneguy avait bien fait les choses, cet arbre magnifique, toute la famille, tout ça, mais enfin vous étiez le seul avec qui je pouvais évoquer les morceaux de bravoure de *Timon*, "Lèvres, encore quatre mots et que le langage s'abolisse…" Magnifique ! Alors vous pensez bien que je n'allais pas vous oublier !

— Monsieur de Bonnerive…

— Bonneville, c'est pas grave. Vous m'avez l'air un peu perturbé, cher Samuelson. Mais dites-moi, ça avait l'air urgent. Tout de même pas pour parler du grand Bill que vous êtes là.

— J'ai besoin de votre aide. Tout de suite. C'est délicat à exposer et le temps presse.

— Allez-y, mon vieux. Parlez-moi comme à un ami. Enfin, essayez toujours…

— Vous, vous avez l'oreille. C'est votre métier. Vous m'aviez dit que chez vous, l'écoute flottante était plus développée que chez les autres. Je crois même me souvenir que vous avez notamment travaillé pour la airatépée…

— Exact. Nous ne sommes d'ailleurs pas très satisfaits de ce qu'ils ont fait de nos sonals… Nous, ici, on ne se prend pas pour des sculpteurs de sons mais pour ce que nous sommes, des réalisateurs de signaux sonores, d'abord la fonction, ensuite la forme, ce n'est pas une raison pour… enfin, ce n'est pas le problème, continuez.

— Voilà… Je dois absolument retrouver une personne en grand danger. Elle circule actuellement dans le métro. Impossible de savoir sur quelle ligne. Vous avez un moyen de l'identifier ?

— J'ai toujours refusé de collaborer avec la police ou la justice. Par principe ! Vous n'êtes ni l'un ni l'autre, bon… Pas simple, votre histoire. Plus de deux cents kilomètres de réseau, des stations très rapprochées, sept cents mètres en moyenne. Tout est une question de réverbération. La couleur d'un lieu, voilà sa vraie signature. Comment fait-il sonner le son, non pas nu mais enrichi d'harmoniques, c'est là que ça se passe. Dans la station même, ça change tout, selon qu'il s'agit de carrelages biseautés entourés de frises, de voûtes cambrées en anses de panier. Le style nouille de Guimard ne résonne pas comme l'Art nouveau de Plumet…

— On peut faire vite ?

— On peut voir ça. »

L'ingénieur s'empara du téléphone de Samson et le bidouilla pour le brancher sur un système de haut-parleurs, de baffles et de magnétophone. Il le prévint que ce ne serait pas facile car la bande de fréquence des portables est étroite. Les indices y sont rares puisqu'elle est d'abord faite pour laisser passer la voix. Samson pianota fébrilement le numéro. Ça sonnait dans le vide. Il réessaya. Occupé.

Durant d'interminables minutes, ils se firent face sans dire un mot. À croire que les amis d'un jour, issus de l'invisible fraternité du Globe Theater, avaient fait vœu de silence par respect de leur contrat. Samson n'arrêtait pas de tirer sur sa cigarette, de tapoter des doigts le combiné désespérément inerte, de se ronger les ongles tandis que Bonneville faisait les cent pas. Ni l'un ni l'autre n'osait rappeler trop tôt de peur d'affronter à nouveau cette insupportable tonalité.

Alors le téléphone sonna.

« C'est Agathe, tu n'écoutes plus tes messages, maintenant, tu… »

Il coupa, désolé, ce n'est pas elle, rien à voir, un contretemps. Ça ne servirait à rien de la maudire à voix basse, un peu plus un peu moins, il fallait juste garder son calme. Ça sonna à nouveau. La voix féminine s'exprimait sur un fond de roulement de métro et d'ouverture de portes. Samson adressa aussitôt un signe à l'acousticien, qui brancha son magnétophone.

« N'essayez pas de m'empêcher, François, ni de me retrouver, à chaque fois qu'une annonce sera faite je couperai, n'essayez pas mais restez avec moi, comme ça je suis plus rassurée… »

Au fur et à mesure que la voix résonnait dans le bureau, Bonneville blêmissait. Quand elle raccrocha, au bout de deux minutes, la mine grave, il ferma la porte du bureau.

« Mais, cette voix, c'est Inès, ma cousine ? »

Pour toute réponse, Samson baissa le regard.

« Mais qu'est-ce que c'est que cette histoire ?

— Parlez-moi comme à un ami, m'avez-vous dit… »

Bonneville lui tourna le dos, regarda longuement par la fenêtre une petite fille qui jouait dans la cour, puis se retourna pour appuyer d'autorité sur la touche *bis* du téléphone de Samson. Inès répondit, reprit son monologue durant plusieurs minutes avant de raccrocher à nouveau. Nul besoin d'être acousticien pour percevoir une immense détresse dans sa voix. La sensibilité suffisait. Manifestement ému, il appela l'un de ses collaborateurs par l'interphone.

« Un excellent bruiteur doublé d'un musicien, dit-il à Samson. Son oreille plus la mienne, en croisant les indices, on devrait y arriver. »

Quand le technicien les rejoignit, il lui exposa le problème en quelques mots puis sortit d'un grand tiroir du dessous un plan du métro abondamment annoté par ses soins, et constellé de signes cabalistiques dont lui seul devait détenir la clef. Après l'avoir punaisé au mur face à lui avec la solennité d'un chef d'état-major à la veille de livrer une bataille, il s'attabla devant l'imposant magnétophone, une paire de ciseaux et des collants en main. En quelques instants, avec une dextérité de couturière, il monta un bout-à-bout des deux enregistrements qu'il venait d'effectuer, puis les écouta plusieurs fois au casque en couvrant une feuille de papier de notes indéchiffrables. Il compara ses notes avec celles du bruiteur, et ils échangèrent quelques phrases avant de se tourner vers Samson.

« Voilà, dit-il épuisé par l'intensité de son effort. Ça vaut ce que ça vaut. Vous avez de la chance qu'il n'y ait pas de lignes circulaires comme à Londres ou à New York. Chez nous, une ligne mène toujours d'un point à un autre. Depuis tout à l'heure vous croyez qu'elle voyage beaucoup dans Paris. En vérité, comme elle est en avance et qu'elle a peur de ne pas s'y retrouver, elle fait l'aller et retour sur la même ligne. La fréquence des stations aériennes et des stations souterraines, le rythme de leur alternance sont caractéristiques. Il y a plusieurs niveaux de sons. On distingue d'abord les événements propres à chaque station ouverte, les bruits caractéristiques d'une rue, des arrêts de bus, des démarrages aux carrefours, les résonances des marquises, qui ne sont pas les mêmes selon qu'elles ont ou non des verrières. Et puis il y a les sons de la rame elle-même. Toutes les lignes ne sont pas encore équipées du même buzzer, un petit engin qui vibre, la plaque de métal retransmet la vibration à nos oreilles, pchchch-chcchch! ça a l'aspect d'une ventouse et on en trouve un par porte de compartiment. Toutes les portes de toutes les rames ne font pas le même bruit à l'ouverture et à la fermeture. Or les nouveaux buzzers, c'est notre agence qui les a conçus. Seulement il n'y en a pas encore partout. Enfin il y a ce qui se passe sur le quai. La première fois qu'elle a appelé, il y avait l'addition d'un certain nombre de sons tels que celui des ventilateurs avec celui du valideur Navigo, lequel ne se trouve à même le quai que dans certaines stations.

— Alors?

— On doit faire encore des recoupements. Mais vous pouvez déjà partir sur Étoile-Nation par Denfert. C'est là que ça se passera. La 6, vous voyez? »

Samson ne tenait pas en place. On eût dit un prostatique au bord de la crise de nerfs. Du coin de l'œil, les voyageurs l'observaient aller et venir dans la rame. À chaque arrêt, il descendait sur le quai, parfois même n'y posait qu'un pied, le temps de dévisager la foule. Inès pouvait être là ou ailleurs, devant ou derrière. Un instant, il crut l'apercevoir dans l'autre train qui démarrait, face à lui, impavide, la main serrant la barre. Il tambourina sur la vitre. Dans sa ferveur, il tira sur le signal d'alarme. Dès l'arrivée du conducteur, il regretta son geste et s'en excusa piteusement. Un mirage certainement. Classique quand on est obsédé par l'image d'une absente désirée.

Son téléphone se réveilla entre Cambronne et Sèvres-Lecourbe. C'était elle mais à peine audible. Des bribes de mots, de la friture, et puis plus rien. Samson appela l'acousticien :

« Il faut m'aider ! Il le faut !

— On y arrive, on y arrive…

— Mais il y a vingt-huit stations sur cette ligne ! je les ai comptées !

— Patience ! Laissez-moi encore isoler des bruits de portes de sortie qui s'additionnent à ceux des portillons automatiques et des portes automatiques de la rame… c'est important… je vous rappelle dans un instant… »

L'attente lui parut interminable. Il fallait faire au plus vite. Non seulement l'heure du rendez-vous se rapprochait mais un tunnel s'annonçait. Enfin un appel.

« Elle nous mène en bateau depuis le début. Elle se rend tout simplement à la station Passy.

— Vous êtes sûr ?

— Toute l'architecture sonore concorde. La réverbération est très caractéristique là-bas. Pas de vidéosurveillance. Le rendez-vous a lieu exactement sous ses fenêtres. De l'appartement on voit le quai et… »

Coupé. Samson sauta sur le quai à l'arrêt suivant et, s'il avait osé, il aurait traversé la voie pour repartir plus vite dans l'autre direction. Il courut dans le couloir des correspondances comme un dératé et repartit vers Passy. À partir de La Motte-Picquet, il essaya de la joindre. En vain. Enfin rendu à Passy, il inspecta le quai puis se posta au tout début, derrière le premier des poteaux en fonte soutenant la marquise. En se penchant un peu, on voit parfaitement arriver le train en droite ligne sur le pont. L'endroit idéal pour en finir avec la vie. Mais en finir en beauté, à l'air libre, au soleil. Une fin glorieuse car débarrassée de la dimension sordide du souterrain.

Il n'y avait plus qu'à attendre. À se repasser le film encore et encore. À interpréter à n'en plus finir. À tout retourner dans tous les sens. La vérité de Tanneguy, la vérité d'Inès, la vérité de Sixte. Il n'était plus qu'un bloc de doute secoué d'une seule certitude, sauver cette femme de l'imminence d'une mort annoncée. Suicide, meurtre, accident, qui saurait ? Lui-même ne savait plus rien de définitif. Après tout, rien n'indiquait qu'elle n'eût pas inventé ce rendez-vous. Que son fils ne lui eût pas tout raconté. Mais il irait jusqu'au bout, il n'avait plus le choix, car personne ne témoigne pour le témoin.

Quelques minutes passèrent puis son téléphone sonna. Elle, enfin !

« Vous êtes là, Dieu soit loué. François, restez

avec moi. J'ai branché mon portable sur un écouteur à l'oreille pour conserver les mains libres, c'est plus confortable. Ainsi je marche et vous m'accompagnez. Je… oh non !… »

Un méli-mélo de bruits qui s'entrechoquaient, l'arrivée du métro, des voix qui houspillaient, une bousculade.

« Inès ! hurlait-il. Répondez-moi ! Que se passe-t-il ?

— Rien, ce n'est rien. Ça m'arrive parfois, mais je ne peux rien faire. On me parle à l'oreille droite, pour me demander de me pousser, ou si je descends, ou que sais-je encore, mais comme c'est ma moitié morte, mon côté ombre, je n'entends pas. Dans la vie de tous les jours, comme je m'y attends, je pivote légèrement et je capte tout. Mais dans les transports en commun, avec ce bruit, si je suis de profil, je ne réalise pas qu'on me parle, et les gens s'énervent, ils prennent ça pour de l'arrogance, ils m'engueulent et parfois me bousculent. Alors on s'excuse, on se tait, le rouge au front, mais à l'intérieur on pleure de rage de se sentir aussi humiliée. C'est affreux de savoir qu'on ne saura jamais ce qui se dit juste de l'autre côté. Qu'on n'entendra jamais en stéréo. Vous imaginez dans les dîners. J'ai un faible pour les tables rondes… Avec le temps, c'est vivable si l'on n'y pense pas. Sinon c'est à s'arracher la peau. J'aurais dû vous le dire. J'ai de longue date la conviction que je mourrai écrasée par une voiture qui viendra de la droite. Il paraît que l'ouïe, c'est ce qui meurt en dernier. »

Alors Samson reprit la parole avec l'intention de ne pas la lâcher et il lui raconta tout. Absolument toute l'histoire d'un trait sans reprendre haleine pour ne pas la laisser intervenir et se soustraire à cette ultime vérité. En énonçant son récit comme il ne l'avait encore jamais fait, il comprit pour la première fois que tout convergeait inéluctablement vers un homme. Son mari.

À son silence répondait en écho celui d'Inès. Tous deux étaient saisis et figés dans une égale sidération, avec pour musique de fond la seule plasticité sonore du métro. Il scrutait le quai bien dans l'axe de l'appartement des Chemillé, direction Étoile, comme le lui avait conseillé l'acousticien. On distinguait nettement leur balcon. La luminosité était parfaite, le ciel sans nuages. Pas de trace d'Inès.

Son regard fut accroché par un dessin macabre, un corps projeté sur la voie, qui figurait sur une borne indiquant la marche à suivre en cas de chute. Par prudence, il ne s'approchait jamais de la bordure du quai avec sa bande blanche ni même de la résine bitumeuse et granulée placée là pour empêcher les chaussures de glisser et prévenir les aveugles. Sans doute aussi les «accidents», car la airatépée avait beau dire, c'était son cauchemar. La fosse ne paraissait pourtant pas profonde. Avec un peu de chance et de bons réflexes, on pouvait reprendre pied. Lèvres, encore quelques mots et que le langage s'abolisse…

«Merci du fond du cœur, merci…»

Lui qui n'avait cessé de faire les cent pas s'était

arrêté pour l'écouter. C'est alors qu'il eut la stupéfaction de découvrir Inès juste en face, sur le quai opposé, dans un rayon de soleil, debout parmi des voyageurs. Elle le regardait fixement. Il en resta bouche bée jusqu'à ce qu'il distingue, derrière elle, une silhouette coiffée d'un chapeau de feutre, une forme qui se dirigeait droit sur elle. De gauche et de droite, on entendit deux rames arriver en même temps. Samson eut à peine le temps de hurler en pointant le doigt dans sa direction :

« Noooon ! Inès ! »

Des crissements de pneus mêlés de cris résonnèrent dans la station. Les deux voitures de tête s'étaient renvoyé un corps. Samson se retourna et brisa la vitre de la borne de sécurité d'un coup de poing pour tirer la poignée. Aussitôt le courant fut coupé. Puis, la main en sang, il traversa les voies sans réfléchir.

Un attroupement s'était formé. Le pare-brise de la voiture de tête était maculé de longues traînées rouges et de lambeaux de chair. Samson, qui s'était mêlé aux badauds, se détourna, pris de nausée.

Une personne demeurait assise sur la banquette. Une seule. Inès, en état de prostration. Il la prit par le bras, l'obligea à se lever et lui entoura les épaules :

« Il ne faut pas rester là, surtout pas là. Il est temps de rentrer, maintenant. »

Certains témoins affirmèrent que la femme avait pivoté et que l'homme était tombé, emporté par son élan. D'autres qu'elle l'avait fait exprès pour le précipiter dans la fosse. De toute façon, il n'y eut pas de véritable enquête.

Peu après, par le journal mais à quelques pages d'intervalle, on apprit d'un même souffle la naissance et la mort d'un ambassadeur.

DU MÊME AUTEUR

Biographies

MONSIEUR DASSAULT, Balland, 1983

GASTON GALLIMARD, Balland, 1984 (Points-Seuil)

UNE ÉMINENCE GRISE : JEAN JARDIN, Balland, 1986
(Folio n° 1921)

L'HOMME DE L'ART : D. H. KAHNWEILER, (1884-1979)
Balland, 1987 (Folio n° 2018)

ALBERT LONDRES, VIE ET MORT D'UN GRAND
REPORTER, Balland, 1989 (Folio n° 2143)

SIMENON, Julliard, 1992 (Folio n° 2797)

HERGÉ, Plon, 1996 (Folio n° 3064)

LE DERNIER DES CAMONDO, Gallimard, 1997 (Folio
n° 3268)

CARTIER-BRESSON, L'ŒIL DU SIÈCLE, Plon, 1999 (Folio
n° 3455)

GRÂCES LUI SOIENT RENDUES. PAUL DURAND-
RUEL, LE MARCHAND DES IMPRESSIONNNISTES,
Plon, 2002 (Folio n° 3999)

Entretiens

LE FLÂNEUR DE LA RIVE GAUCHE, AVEC ANTOINE
BLONDIN, François Bourin, 1998

SINGULIÈREMENT LIBRE, AVEC RAOUL GIRARDET,
Perrin, 1990

Enquêtes

DE NOS ENVOYÉS SPÉCIAUX (avec Philippe Dampenon),
J. C. Simoën, 1977

LOURDES, HISTOIRES D'EAU, Alain Moreau, 1980

LES NOUVEAUX CONVERTIS, Albin Michel, 1982 (Folio Actuel n° 30)

L'ÉPURATION DES INTELLECTUELS, Complexe, 1985, réédition augmentée, 1990

GERMINAL, L'AVENTURE D'UN FILM, Fayard, 1993

Récit

LE FLEUVE COMBELLE, Calmann-Lévy, 1997 (Folio n° 3941)

Romans

LA CLIENTE, Gallimard, 1998 (Folio n° 3347)

DOUBLE VIE, Gallimard 2001. Prix des Libraires (Folio n° 3709)

ÉTAT LIMITE, Gallimard, 2003 (Folio n° 4129)

LUTETIA, Gallimard, 2005

Composition Bussière.
Impression Liberduplex
à Barcelone, le 5 janvier 2005.
Dépôt légal : janvier 2005.
ISBN 2-07-030525-2./Imprimé en Espagne.

132488